Todas as mulheres

Júnea Assir

Todas as mulheres

Júnea Assir

EDITORAS ASSOCIADAS

Para os meus filhos amados, Lucas e Edu.

Com carinho para o querido amigo Eraldo Tadeu (*in memoriam*).

A Cris Valéria, minha gratidão.

"Não existe verdade inferior."

Annie Ernaux

"Tenho duas armas para lutar contra o desespero, a tristeza e até a morte: o riso a cavalo e o galope do sonho. É com isso que enfrento essa dura e fascinante tarefa de viver."

Ariano Suassuna

Catalogação na publicação
Elaborada por Bibliotecária Janaina Ramos – CRB-8/9166

A848t

Assir, Júnea

Todas as mulheres / Júnea Assir. – Belo Horizonte: Quixote+DO, 2024.

96 p.; 14 X 18 cm

ISBN 978-85-66256-89-5

1. Conto. 2. Antologia. 3. Literatura brasileira. I. Assir, Júnea. II. Título.

CDD 869.93

Índice para catálogo sistemático

I. Conto : Literatura brasileira : Antologia

Nesta edição respeitou-se o acordo ortográfico da língua portuguesa de 1990, que entrou em vigor no Brasil em 2009.

Quixote+Do Editoras Associadas
Rua Alagoas 1270 - sala 304
www.quixote-do.com.br
https://www.facebook.com/QuixoteDoEditora/
https://www.instagram.com/quixote.do/
https://www.youtube.com/c/QuixoteDoEditorasAssociadas

Sumário

Madalena

Madalena preferia ser chamada de Lena, não era nada contra a sonoridade, grafia ou etimologia do nome, tinha relação com as suas memórias mais íntimas. Quando criança gostava de escutar os chamamentos da mãe.

– Lena, venha cá. Vem logo, Leninha! – Dona Luiza tinha uma voz aveludada e cheirosa como o jasmim, melodia para os ouvidos de Madalena. Mulher miúda, mas com um temperamento colossal, destas que não leva desaforo pra casa. – Tem um gênio do capeta! – dizia o marido.

Além de Madalena, deu à luz mais três filhos: José, Davi e Joel. O último nasceu em casa, com ajuda de uma vizinha e com assessoramento de muitos curiosos que se amontoavam na janela do barraco. Um acontecimento, naquela tarde de primavera, sexta-feira de muito calor, em que o suor escorria pelo seu rosto lustroso enquanto seu útero se contraía de dor num vaivém desenfreado. O bebê saiu fácil, encontrou uma trilha sem obstáculos que lhe trouxe ao mundo e foi ovacionado por uma plateia que esperava ansiosa pela sua chegada.

– Vai se chamar Joel, como o avô – disse dona Luiza, entre lágrimas e sorrisos. Minutos depois chegou o pai da criatura, Agenor, que trabalhava como cobrador de ônibus, sujeito agradável, muito querido, respeitado na favela e no trabalho, não tinha desafetos. Sua paixão era o futebol e "sua perdição", como dizia a esposa, o samba. Mal chegava do trabalho e se metia no bar do Dorival, boteco tradicional no morro. Botequim onde se conheciam todos os acontecimentos da comunidade local, do país e do mundo, como uma redação de jornal.

Sexta-feira não podia faltar uma roda de samba e muita cerveja, principalmente em dia de parto, de nascimento, para comemorar a chegada de Joel, último membro da família Melo e Souza.

Seu Agenor foi tomado por uma satisfação que se apoderou daquele ambiente tão hermético, um clima de felicidade ultrapassou aquele cubículo e se espalhou pela favela, o samba inundou cada barracão com uma composição nostálgica e ritmo contagioso. Naquela noite não existiu violência ou qualquer problema social. Tudo era paz, a música entoava pelo ar, como brisa quente vinda do Trópico de Capricórnio. Agenor convidou os amigos para uma cervejada e, depois de muitas biritas, se imaginou conversando com Adoniran Barbosa, que esteve sentado ao seu lado, discutindo sobre a nova bossa do samba. Ninguém o viu, nem poderia ver um defunto, mas conheciam bem a imaginação do Agenor, o melhor contador de histórias do morro, persuasivo, convencia qualquer incrédulo com as suas narrativas detalhistas.

O bafo do verão era iminente em São Paulo e presságio de tempos difíceis na favela, sinônimo de muitas lamúrias e muitas perdas. Ano após ano acontecia o mesmo, as enchentes e os deslizamentos destruíam as casas e os barracos, era um "salve-se quem puder".

No último janeiro, os moradores da comunidade viveram uma verdadeira tragédia, choveu durante dias, sem trégua. Pelo menos quatro pessoas morreram e muita gente ficou sem casa. A enxurrada selvagem levava tudo o que via pela frente: penico, brinquedo, comida, madeira, aparelhos eletrônicos, todo tipo de pertences, incluindo um Volkswagen com o condutor no volante. Os moradores se organizaram para encontrar objetos perdidos, puseram um local de atendimento para quem quisesse buscar seus pertences mais íntimos: dentaduras, perucas, bengalas, muletas, carteiras com documentos, sapatos avulsos, porta-retratos, materiais de escritório, mochilas, malas vazias ou cheias, violão, pandeiro, tamborim e até animais de estimação.

Julieta, senhora de sessenta e muitos anos, negra e gorda, com uma bundona que não passava despercebida, perdeu as calcinhas. Agenor, todo debochado, dizia que "com este bundão ela não tem ânus, tem séculos". A pobre estava desesperada, pois suas prendas não podiam ser compradas em qualquer estabelecimento, eram feitas à medida numa loja do Brás.

Uma moça com seus vinte e poucos anos, moradora da rua Sete, estava desconsolada porque tinha perdido todo o enxoval no aguaceiro, poucos meses antes do casamento. Niltinho, filho do sapateiro, garoto prodígio que estudava música, fã de estrelas como Louis Armstrong, Miles Davis e Arturo Sandoval, ficou sem seu trompete.

Mas desgraça maior foi a destruição do barracão da escola de samba onde estavam os carros alegóricos, as fantasias e adereços do próximo desfile. A parafernália boiava na imensidão de água que tomou conta do galpão. Faltava pouco tempo para o Carnaval, e os organizadores tinham alguns dias para recuperar o trabalho de um ano. Só havia uma solução para o problema, colocar a mão na massa; e foi o que fizeram como uma grande equipe. Depois de algumas horas perceberam que sem "dindim" não chegariam nem perto do sambódromo. Mas dinheiro não caía do céu, a única coisa que caía era água.

Porém, milagres acontecem para quem acredita na interferência divina, como quase todos os participantes da escola de samba, que rezavam sem parar, numa ladainha ininterrupta, espécie de revezamento religioso. Católicos, evangélicos, espíritas, protestantes, pais de santo e descrentes, numa sincronia absoluta, na expectativa de um sinal sublime, de um final feliz.

Eis que surge pela porta principal do galpão da escola, um sujeito esquisito, de andar premeditado e usando adidas, um tipo pálido, corpo franzino que ocupava pouco espaço no planeta. Muitos olhos interrogativos saltaram naquele instante, de todos os cantos, para conhecer a história do visitante inesperado. Antônio Pereira, o presidente da escola, mais conhecido como Tonho Tornado, aproximou-se do rapaz no centro do salão para pedir-lhe explicações. O papo foi rápido, o mensageiro muito econômico, foi moderado com as palavras.

– Tenho um recado da chefia – proclamou. Entregou-lhe um envelope fechado, retirando-se do recinto. Tonho Tornado não pôde conter a sua alegria e desatou um grito:
– Estamos salvos!

Passou a vida ao lado da banca de jogos, dirigida por sua família. João Baiano aprendeu todas as manhas do jogo do bicho com os maiores profissionais do ramo, conhecia bem o seu funcionamento, desde cedo tinha claro o seu futuro como sucessor do pai nos negócios. Muito ambicioso e obstinado, devagarinho foi acumulando bancas, em pouco tempo tornou-se o maior empresário desse ramo em São Paulo. Temido e amado pela população do morro, onde cresceu e fez carreira como bicheiro, tinha respaldo de banqueiros e políticos e a consideração dos mafiosos, contraventores que operavam nas diferentes esferas da economia. Era um poderoso chefão que apostava no talento da sua gente, desde que não interferissem na sua rotina. Naquela ocasião não hesitou em enviar um cheque com uma cifra imensurável para salvar o Carnaval.

No dia seguinte ao desfile, a ressaca era plena. Ninguém se falava, apenas burburinhos salpicavam pelas gretas da favela, uma Quarta-Feira de Cinzas adiantada. As crianças eram as únicas que se divertiam naquele momento desgostoso, seguiam o rastro da folia, saíam em busca de tesouros, procuravam pedras, plumas, bijuterias e qualquer apetrecho deixado pelas fantasias e carros carnavalescos.

Como não havia movimento nas ruas, a molecada aproveitava para descer a ladeira com os seus patinetes, numa corrida apoteótica e vertiginosa, com direito a pódio para os vencedores. José e Davi não perdiam uma competição. Numa dessas brincadeiras, foram parar na entrada de um beco sem saída, estreito, fétido e obscuro. Quando uma mulher esquisita apareceu como uma assombração, caminhando e vociferando contra quem estivesse no seu caminho. Era Antonieta, a mais famosa macumbeira e benzedeira do morro. Morava com inúmeros gatos, num casebre insalubre, bem na esquina do beco dos Ratos. De repente, reconheceu os dois irmãos e lhes disse usando a sua voz rouca e estrídula:

– Avisem a dona Luiza para tomar cuidado com a próxima lua cheia. Ela não deve sair de casa, ao anoitecer, em nenhuma circunstância. Não se esqueçam do meu recado – finalizou.

As crianças saíram correndo sem olhar para trás, em poucos minutos estavam em casa, assustadas com o que acabara de acontecer naquela quebrada. Encontraram a mãe preparando o almoço, cantarolando, tão calma que não se atreveram a fazer qualquer comentário sobre o sucedido. Entraram em surdina.

O verão já dava passagem ao outono, melancólico e nebuloso. Dona Luiza estava muito empolgada com a campanha que organizava com outros moradores para conseguir roupas e cobertores para o frio, que não tardaria em chegar. Era um entra e sai na casa, que incomodara Agenor, que pela tarde gostava de tirar um cochilo no sofá.

– Que diacho de mexida que não tem mais fim. Vocês arrumem outro QG e me deixem tranquilo – ordenou. Foi o suficiente para que Luiza e seus colaboradores buscassem um novo local para a "campanha do agasalho".

Rosalinda ficou viúva bem jovem, seu marido morreu durante um almoço, teve um infarto fulminante enquanto comia feijoada, numa discussão calorosa sobre a Copa

América. "Morreu de tanta felicidade", rememorava Agenor, amicíssimo do falecido. A viúva habitava um sobrado com um dos filhos, numa casa com bastante espaço. Gostava da vida, altruísta, não sabia negar um pedido de ajuda. Nem pensou duas vezes para oferecer a sala e a garagem como escritório e depósito da campanha. Apreciava ver gente laboriosa, esforçando-se por um interesse comum.

Botou Bernardo, seu caçula, para carregar caixas e ser mais um na labuta. O adolescente tinha quinze anos, taciturno, tentava ficar invisível, se escondia atrás dos fones de ouvido, sempre escutando rap. Bernardo estudava no mesmo colégio que Madalena, mas apenas se conheciam. Passados três meses de encontros diários, os dois jovens começaram a trocar confidências, um clima de romance pairava naquele cenário filantrópico.

Madalena estava prestes a completar treze anos, havia prescindido das bonecas e gostava de usar a maquiagem da mãe. Pintava-se antes de ir à escola, discreta, conseguia manter uma singeleza no rosto. Era parecida à dona Luiza, pequena, ossuda, com os cabelos negros encaracolados, lábios gordos e bem delineados, olhos jabuticaba e uma pele caramelo. Sua juba de leão fazia jus ao seu signo. Lena nascera em julho, no dia de Santa Maria Madalena, padroeira das mulheres e de muitos necessitados. Era o braço forte da mãe com as tarefas domésticas e cuidado dos irmãos menores. Estava radiante com a sua festa de aniversário, não falava em outra coisa. Faltava um dia para a festança, e o inverno não seria um empecilho para esquentar o ânimo na casa dos Melo e Souza.

O caldo de feijão da dona Luiza não podia faltar, além da mandioca com carne de panela e o torresmo. Rosalinda preparou os salgadinhos, e o bolo foi encomendado na padaria do senhor Moura, um português que imigrou para o Brasil, constituiu família e nunca mais voltou. Agenor cuidava da bebida, cerveja gelada, cachaça e guaraná.

O grande dia chegara e ainda faltavam alguns detalhes por cumprir. Dona Luiza saiu cedo para comprar cebolinha para o caldo e na saída do verdureiro deu de cara com Antonieta.

– A senhora recebeu o recado que mandei pelos seus meninos? – indagou, com mesura. Luiza não compreendeu o comentário e com a cabeça disse que não.

– Nesta lua cheia, a senhora não deve sair de casa durante a noite, para evitar problemas – concluiu, e saiu sem explicação. Luiza não entendeu nada, mas não deu importância, porque Antonieta tinha fama de maluca.

Às cinco da tarde, a aniversariante estava pronta, com seu vestido de veludo azul plissado, que marcava a silhueta. – Virou moça! – sussurravam todos. Bernardo foi o primeiro convidado a chegar, levou bombons e rosas vermelhas para Madalena, que ficou mais corada que as flores, era namoro seguro.

A música encheu o salão com o samba-rock rolando alto, o baile começou. Os pés de Agenor deslizavam-se pelo chão como um bailarino profissional. Com malícia foi puxando Luiza, que soltou as melenas, num ato sensual e livre. Ao som do Clube do Balanço, o casal bem juntinho, rosto colado, no puro suingue.

O divertimento foi unânime e ninguém saiu indiferente àquela celebração. – Quem veio, veio, quem não veio, perdeu – sentenciou Agenor. Depois de cantar parabéns, os convidados começaram a despedir-se da anfitriã.

Era tarde, e nesse instante o bebê se despertou. Luiza lhe correu nos braços com todo amor que uma mãe pode dar ao seu rebento. Ninava Joel, que seguia agitado com a barulheira que vinha da rua. Luiza se levantou furiosa, entregou o filho ao pai e caminhou direto para a porta.

Havia uma algazarra a poucos metros, muita gente gritando. Luiza se aproximou, reclamando um pouco de tranquilidade, e foi abrindo o caminho, fechado por um círculo de pessoas. Foi tudo muito rápido, um estampido ecoou nos quatro cantos da favela. O episódio foi consequência de uma história passional, um acerto de contas do coração.

Madalena se assustou com o estrondo, teve um mau pressentimento e saiu correndo para averiguar o acontecido. Em poucos passos, visualizou a multidão que cercava o corpo inerte. Aproximou-se e caiu de joelhos diante de dona Luiza, que fora atingida por uma bala no peito.

Sua alma se encolheu e Lena não conseguiu chorar, ficou muda, estarrecida, sabia de alguma maneira que a sua infância terminara naquele momento. O céu estava coberto por um clarão inebriante, era lua cheia!

Dia M

– Já pensou em assaltar um banco? – perguntou Ágata, numa simples curiosidade.

– Você ficou louca, criatura?! Se liga! Isso é coisa de bandido profissional – retrucou Elizabeth, enquanto secava o cabelo da amiga.

– Estou falando sério, imagina um montão de dinheiro pra comprar o que quiser e sair desta miséria! – insistiu Ágata.

– Vixe! Tá com os miolos quentes por causa do secador – finalizou Elizabeth, sem muito interesse naquele tema.

Elizabeth trabalhava no salão de beleza da dona Flora. Começou como manicure, depois aumentou seu leque como pedicure. Ela gostava de dizer que o seu trabalho era curar as pessoas, uma médica das mãos e pés.

– Manicure e pedicure são palavras francesas que têm origem em *curé*, que em francês quer dizer cura – se gabava da própria explicação.

Quando a patroa saía, ela atendia as amigas. Não de graça, havia um intercâmbio, troca de favores. Elizabeth também fazia cabelo, depilação e desejava ter um salão.

– *La belle de Jour*, a melhor clínica de estética da cidade – sonhava de olhos abertos.

Ágata era atendente numa farmácia do bairro e com o seu salário ajudava nos gastos da casa, que dividia com o irmão. No final do mês, não sobrava nem um centavo.

– Estou cansada de ser pobre, de não poder imaginar um futuro melhor, de viver pra trabalhar – desabafava com Iara, uma amiga de infância, que vivia numa situação similar, sem perspectiva.

– Vamos assaltar um banco? – soltou Ágata, sem mais rodeios.

– Você comeu cocô de galinha? Caiu da cama e bateu a cabeça? – se indignou Iara.

– É sério, já tenho quase tudo planejado, será o primeiro assalto a banco realizado por mulheres – projetou Ágata.

Iara era caixa de um supermercado chinfrim e completava sua renda, nos fins de semana, como camelô no centro da cidade. Tinha uma filha, cuidada pela avó.

Ágata era insistente e avançava com o tema do assalto. Em pouco tempo, convenceu Iara a participar no seu esquema, faltava incutir Elizabeth, ainda resistente àquele discurso.

A mãe de Elizabeth tinha sérios problemas de coração e não podia prescindir do tratamento, bastante caro. A filha se encarregava de comprar o medicamento com a ajuda de Ágata, que conseguia o produto a preço de custo e muitas vezes fiado. Naquela ocasião, Elizabeth procurou sua amiga para lhe pedir um obséquio.

– Por favor, necessito urgente levar o remédio da mamãe.

Ágata não deixaria sua amiga na mão, mas aproveitou o apuro de Elizabeth para uma pressão.

– Já pensou no assunto? Vai entrar pro nosso time? Precisamos da sua colaboração – rogava Ágata, na esperança de um sim.

– Estou refletindo, quero pensar bem nesta proposta indecorosa – sorriu Elizabeth, partindo com os comprimidos na mão.

Os dias passavam e nenhuma notícia de Elizabeth. Ágata, impaciente, apareceu de surpresa no salão e exigiu uma resposta da amiga.

– É pegar ou largar, sem mais demora. Vai entrar na parada?

– E se der errado? E se entrarmos numa fria?

– Tranquila, não tem por que sair mal.

– Então topo! – disse Elizabeth, numa mistura de euforia e ansiedade.

As duas se abraçaram, sem reparar que num cantinho da sala estava dona Flora, tirando uma soneca.

Como Elizabeth era a encarregada de fechar o lugar, organizaram uma reunião no salão para o dia seguinte, no final da tarde.

Ágata foi a primeira a chegar, com precisão no horário. Iara apareceu depois de meia hora. Para evitar espionagem, trancaram a porta e as janelas.

– Primeiro: tem que haver compromisso entre todas, nada de atrasos ou falhas. Segundo: um pacto de silêncio absoluto, nenhum detalhe pode sair daqui. Terceiro: só podemos nos comunicar pessoalmente, proibido o uso de celular ou dispositivos eletrônicos para qualquer informação sobre este assunto. Alguma pergunta? – concluiu Ágata, como líder da mais nova quadrilha.

– Precisamos de um nome para o nosso plano. Que tal: Garotas Perigosas, As Calcinhas, Perfume de Mulher, Pancada Feminina, Super Poderosas, As Intocáveis, Mulheres no Poder, AEI (Ágata-Elizabeth-Iara), blá-blá-blá – prosseguia Elizabeth, sem freios.

– Dia M, uma homenagem à mulher – cogitou Iara.

– Fechou! – celebrou Ágata, e avançou com o raciocínio. – Já temos um nome, precisamos de equipamentos, alguém com força para carregar a mercadoria e um motorista.

– Podemos convidar a Renatão, namorada da minha irmã. É forte pra cacete, dirige até caminhão, perfeita para o papel – divertia-se Iara.

Ágata estava insegura com o novo recrutamento.

– Fique tranquila, Renatão é muito discreta e não abriria o jogo com ninguém. Tá acostumada com o trampo, tem ótimos antecedentes penais, já foi presa por roubo, assalto, formação de quadrilha, porém nunca matou ninguém, tá limpa.

Sem muita opção Ágata aceitou a proposta. As três amigas se despediram e marcaram uma reunião para a semana posterior, no mesmo lugar e hora.

Iara chegou acompanhada de Renatão, muito calada, apenas observava. Depois da apresentação de cada participante, uma explicação sobre o Dia M. De repente, um ruído vindo dos fundos atravessou a sala. Era dona Flora, que estava escondida atrás do armário. Foi um baita susto!

– Dona Flora, que feio, que vergonha ficar espionando as pessoas – bradou Elizabeth.

– Eu sei de tudo e não vou me calar. Ou vocês me põem nesta jogada ou conto tudo pra polícia – ameaçou.

Dona Flora era uma cinquentona, espalhafatosa e assanhada. Solteira, desejosa de encontrar o homem da sua vida e se casar em Las Vegas.

A oferta teve que ser aceita. Dona Flora se incorporou ao bando.

As tarefas precisavam ser definidas de acordo com o perfil de cada uma. O alvo escolhido foi uma agência pequena do bairro. Resolveu-se que dona Flora abriria uma conta no banco em nome do salão. A partir desse momento, sempre no final da tarde e no mesmo horário, Elizabeth faria um depósito do dinheiro arrecadado no salão. A ideia era observar o ambiente, conhecer o funcionamento do banco e ser reconhecida como uma cliente habitual. Esse trabalho duraria uns seis meses.

O papo começou a ser levado a sério, as assaltantes buscavam conhecimento sobre a prática: filmes, notícias especializadas, técnicas de fuga, inclusive conhecimentos básicos sobre o código penal, no caso de um fracasso. Ágata começou a praticar tiro com um colega que trabalhava como segurança. Iam ao descampado mais próximo e treinavam com as latas e garrafas abandonadas, que recolhiam pelo caminho.

O Dia M se aproximava e os nervos estavam saltitantes. Elizabeth tentava diminuir a sofreguidão com chás de camomila e erva-doce; Ágata perdera o sono; Renatão levantava peso; Dona Flora passava o dia jogando paciência no computador. Iara conseguiu mais horas como caixa, andava dobrando turno.

Renatão deveria conseguir um furgão, com placa fria. De

preferência de uma cor neutra, nada chamativo. O veículo seria abandonado depois do assalto. Sem verba para comprar um carro, a última alternativa era roubar, sem levantar suspeita, nada de escândalo. Ficou combinado que o carro seria arranjado uma semana antes do Dia M. Caso houvesse algum imprevisto com esse detalhe, o assalto seria adiado para a semana seguinte.

Entramos na reta final do Dia M e cada uma das meliantes já tinha o seu papel definido. Repassemos o plano: Elizabeth iria ao banco no final da tarde, como de costume, para fazer um depósito. Dona Flora esperaria pelas colegas com seu velho Ford, onde o furgão seria abandonado. As outras três entrariam na agência, cinco minutos antes do fechamento.

Somente dois funcionários trabalhavam naquela sucursal. Ágata iria direto pelo gerente, Iara pelo caixa. Renatão ficaria responsável pelos reféns, encabeçados por Elizabeth, que atuaria como cliente.

Ágata resolveu não arriscar com as armas de fogo e conseguiu umas pistolas de brinquedo, réplicas idênticas às originais. Não suportaria carregar o peso de um homicídio, matar gente inocente estava fora de cogitação.

Uma semana antes do assalto e nada de furgão; estavam todos na iminência de adiar o assalto. Três dias antes do programado, eis que surge Renatão com uma Kombi velha, com muitos quilômetros rodados.

– Funciona! – comunicou Renatão, com alívio.

O carrão foi estacionado numa rua estreita e sem movimento, a cinco minutos do banco.

Na véspera do Dia M tiveram o último encontro. Ágata andava com insônia, estava irritada, se assustava com qualquer barulho. Elizabeth estava muito emocionada, como se fosse a atriz principal de um filme, preocupada com o figurino que usaria na sua estreia. Iara tentava manter a calma, com técnicas de respiração que aprendeu no YouTube. Dona Flora rezava para todos os santos, conservava o crucifixo pendurado no pescoço. Renatão teve diarreia, esteve a maior parte do tempo no banheiro enquanto lia as fotonovelas colecionadas por dona Flora.

Se a primeira fase do plano funcionasse, Elizabeth chamaria dona Flora pelo celular com um recado conciso, sinal para que recolhesse as três companheiras. "Houve um assalto no banco, mas tudo terminou bem! Nos vemos mais tarde."

Por fim, chegou o Dia M, Elizabeth toda exuberante, com uma minissaia e um decote extraordinário, sua intenção era distrair os funcionários da agência. Seguiu para o local, no horário costumeiro. Dona Flora se dirigiu para o ponto determinado e ficou aguardando instruções. Ágata, Iara e Renatão seguiram separadas para o mesmo destino.

Cinco minutos antes do fechamento do banco, o assalto estava em andamento. Usando luvas, óculos de sol e capuz escondendo o rosto, entraram em fila.

– Ninguém se mexa, isto é um assalto! – gritou Ágata no comando, e foi direto falar com o gerente.

– Tá na hora de fechar o local – ordenou Iara ao homem do caixa.

– Sem *stress*, coloquem os celulares neste saco e segurem uma pombinha branca. – Renatão, à medida que recolhia os aparelhos, distribuía pombas da paz. Era a sua redenção, seu último delito, este ato simbólico representava a ruptura com a bandidagem. Havia feito uma promessa de propagar a paz pelo mundo.

Foi tudo muito rápido, o gerente abriu o cofre e Ágata fez a limpeza. Iara esvaziou o caixa e Renatão pediu que os reféns depositassem no saco as carteiras, junto com os celulares. O gerente foi trancado no banheiro, o caixa e os três reféns ficaram ajoelhados, com as mãos na cabeça.

Na fuga um deslize quase pôs tudo a perder. Iara deixou cair uma bolsa com o dinheiro e, quando voltou para buscá-la, a porta se fechou. Iara pegou Elizabeth pelo pescoço e lhe apontou a arma na cabeça.

– Por favor, deixe-me viver! – suplicava Elizabeth com uma interpretação majestosa. Neste instante o caixa abriu a porta para Iara, que arremessou Elizabeth no chão e conseguiu sair às pressas para escapar com o grupo. Em poucos segundos as infratoras desapareceram.

Elizabeth esperou uns minutos para se afastar do movimento e ligar para dona Flora. Tinha um telefone guardado na cintura, o aparelho jogado no saco era de brinquedo.

A kombi foi abandonada bem distante do local do crime. Renatão ateou fogo no veículo e zarpou com as demais.

Depois da meia-noite, as cinco mulheres se reencontraram, desta vez para dividir a recompensa, resultado do esforço e trabalho em equipe. Dona Flora comprou cerveja e preparou um tira-gosto, tudo muito discreto, para um festim íntimo.

O contentamento era pleno, ninguém podia dissimular tanto entusiasmo, Elizabeth estava feliz por estar nos jornais, havia dado muitas entrevistas sobre o assalto. Renatão tinha se libertado do mal e buscava o caminho do bem. Iara só pensava num futuro brilhante para a sua filha. Dona Flora já estava buscando um pretendente para o casório. Ágata, taciturna, conteve a emoção e relembrou os próximos passos do Dia M.

– Devemos seguir como se nada tivesse acontecido, não se toca na grana, pelo menos durante seis meses, devemos respeitar o ciclo e diversificar a partilha das cédulas, bilhete por bilhete. Para finalizar, um brinde ao Dia M!

– Assalto sim é coisa de mulher! Tamo junto nessa! – celebraram todas.

O montante arrecadado no assalto foi bem inferior ao esperado, mas melhor que um bolso vazio.

Dona Flora se casou em Las Vegas com um mexicano, que conheceu num site de encontros. Pouco tempo depois, ele lhe roubou todo o dinheiro. Iara se mudou com a família para Itacaré na Bahia, é sócia de Renatão numa pousada. Elizabeth foi morar no Algarve, em Portugal, onde tem uma rede de salões de beleza, *La belle de Jour*.

Ágata guardou a sua parcela dentro dum colchão, costurado com minucia, e continuou no trabalho para evitar a desconfiança alheia. Um dia sem mais, entregue ao acaso, foi surpreendida na farmácia por um assaltante. Por conta de um movimento impensado, assustou o bandido, que lhe disparou. Recebeu um tiro na nuca e morreu a caminho do hospital, como um dos muitos reveses da vida.

Camisinha

– Eureca! Laranja! – celebrou Lana.

– Laranja, a fruta? – perguntou Edgar.

– Não, a cor, como a cor do sol que arde depois do meio-dia, espalhando seus raios de serotonina. Será o nome do meu primeiro sarau, já tem lugar e data. Sarau LARANJA, no bar do Graciliano, no dia trinta de janeiro.

Já estamos no final do conto, sugiro rever o início desta aventura.

Alana, Lana para os íntimos, uma jovem de dezesseis anos, vivia com a sua família numa deliciosa casa no centro de Sossego, um município com pouco mais de quatro mil habitantes. Com casas brancas, pomares distribuídos pelas calçadas, canteiros com plantas multicores, localizada num vale, numa região montanhosa, Sossego tinha um ar bucólico que não deixava ninguém indiferente. Naquele lugar não existiam televisores, os moradores tinham a leitura como lazer. Cada casa possuía uma biblioteca. Estamos no começo dos anos noventa, a internet ainda era uma utopia, os encontros eram reais, palpáveis.

Foi num encontro real que Lana conheceu Edgar, num sebo.

Seu Otávio era o dono do único sebo de Sossego, um tipo que sabia muitas coisas, conhecia a todos e tinha de memória o autor preferido dos inúmeros moradores que frequentavam a loja.

Lana entrou na livraria para buscar uma encomenda muito especial, um exemplar de *Eu*, de Augusto dos Anjos. Estava ansiosa, entrou de súbito e se conteve ao se deparar com um desconhecido. Esbelto, imberbe e tinha "um aspecto angelical", pensou Lana.

Seu Otávio fez as honras da casa e apresentou os dois jovens.

– Edgar é sobrinho da Cacilda, ele tem a mesma idade que você e veio passar as férias em Sossego.

– Sou Alana, mas se quiser me chame de Lana – disse.

Os dois saíram juntos da livraria, Lana sugeriu um sorvete na esquina. Depois de uma boa conversa e muitas coisas em comum, Edgar se despediu de Alana e marcaram um passeio nas montanhas para o dia seguinte.

Os novos amigos subiram a montanha mais alta de Sossego. Ali fizeram um piquenique e falaram sobre o existencialismo na literatura. Lana era discípula de Simone de Beauvoir, da crença na diversidade das experiências humanas. Edgar tinha simpatia pela dialética do livre arbítrio de Sartre. Edgar era encantador, Lana divertida, par perfeito.

Nos dias seguintes, Lana e Edgar viviam um namoro de portão. Quase um mês de encontros românticos despertou em Lana uma curiosidade por algo que ainda não havia experimentado, o sexo. Expedita, tinha decidido perder a virgindade com Edgar, que já tinha regresso programado, lhe restavam poucos dias em Sossego. Mas onde seria o encontro?

Ao mesmo tempo que pensava nos detalhes para a sua primeira transa, Lana organizava seu projeto literário, um sarau que aconteceria em pouco tempo. A poesia era como oxigênio para ela, que desde pequena escrevia e recitava poemas. "Lana nasceu poeta", diziam todos. Era devota de Cecília Meireles, Cora Coralina, Hilda Hilst, Adélia Prado e outras grandes poetisas. Entretanto, o sarau poderia esperar, urgente era o tratado com Edgar.

Depois de uma breve reunião, foi pactado entre eles que Edgar encontraria o lugar e Lana conseguiria camisinha, tudo arranjado com rapidez.

Edgar foi direto falar com tia Cacilda, que possuía uma casa de campo perto da cidade, um sítio familiar. Disse-lhe que faria uma festa de despedida com os amigos das férias. O pedido foi aceito.

Lana não teve a mesma facilidade que Edgar, ela precisava comprar preservativos sem muito alarde, máxima discrição, pois em Sossego todos se conheciam.

Depois de muitas voltas no quarteirão, Lana entrou na farmácia mais perto da sua casa. Foi direto falar com a atendente, que em seguida a reconheceu.

– Você é a filha da Dione? Como vai a sua mãe? Faz tempo que não a vejo.

Lana engoliu seco e deu uma desculpa.

– Volto depois, me esqueci o nome do remédio.

Procurou outra farmácia, um pouco mais distante. Decidida, entrou às pressas e foi logo dizendo: – Por favor, uma caixa de... – Não terminou a frase, pois foi interrompida por uma voz conhecida.

– Lana, quanto tempo! Como vai você? Como vão os estudos? – indagou uma ex-colega da escola.

Para se safar, Lana pediu uma caixa de aspirinas e saiu frustrada do segundo intento.

Foi andando para outra farmácia, mas, chegando lá, surpresa: "Fechada para reforma", dizia o cartaz.

Encheu-se de ânimo e foi em busca de outra drogaria, um pouco mais distante. Entrou e não havia conhecidos. Respirou aliviada e pediu sem titubear:

– Por favor, uma caixa de camisinhas.

– Sinto muito, mas acabou, devo receber nova remessa em breve.

Resignada, Lana caminhou sem rumo, até voltar para casa.

Pela manhã, Lana estava agitada, com os hormônios enlouquecidos, andava de um lado para o outro, na esperança de encontrar uma solução para aquele assunto. Como conseguir uma camisinha sem que ninguém soubesse? Teve uma ideia, pediria ajuda à prima Ligia, que namorava firme com Sérgio e com certeza tinha uma vida sexual estável. Depois se lembrou que Ligia já havia deixado de comprar preservativos, colocara um DIU.

Pensou em abrir o jogo com Dione, pois sua mãe era uma mulher de vanguarda e muito compreensiva, mas retrocedeu. O iminente episódio era privado e tampouco queria causar expectativa num acontecimento tão especial. Esta história seria compartilhada depois, antes seria segredo incondicional.

As horas avançavam sem trégua, Lana não podia conter a sua aflição.

– O que você tem, minha filha? Te vejo muito inquieta – disse Dione.

– Nada mãe, tenho borboletas na cabeça, e não param de revolutear. Acho que necessito liberá-las.

– Você tem muita imaginação, coisa de artista. Então, liberte, deixe voar.

– Tem razão, mãe, vou soltá-las, que voem alto, livres.

Pegou a bolsa e saiu correndo, com um palpite que talvez funcionasse numa situação de emergência. Foi até o posto de saúde, que em algumas ocasiões oferecia cursos de orientação sexual para os jovens da comunidade, e pediu-lhes alguma amostra de camisinha para um trabalho escolar. "Fundamental Educação Sexual", informou.

A funcionária não pediu explicações e lhe deu uma bolsa cheia de preservativos. Extasiada, Lana foi embora carregando aquela fortuna. O plano progredira.

O galo ainda dormia quando Lana saltou da cama, desjejuou ovos batidos, uma vitamina de frutas e foi tomar um banho com essências de rosas.

– Já de pé, tão cedo? – perguntou Dione.

– São as borboletas, necessitam voar.

Saiu levando um aparelho de som e uma bolsa de comidas. Avisou que não voltaria para almoçar.

Encontraram-se na parada do ônibus que os deixaria perto da chácara. Os enamorados estavam tensos e quase não podiam disfarçar tanta felicidade, delatada pela chispa no olhar. Viajaram em silêncio, contemplando uma paisagem contínua, relaxante. Nem sequer notaram a presença de outros passageiros, que compartiam aquele transcurso com eles. Eram reis e únicos habitantes de um pequeno planeta, o asteroide das Delícias, poderiam ser protagonistas de um enredo de Saint-Exupéry.

– Chegamos! – comunicou Edgar.

Desceram numa estradinha sem asfalto e, depois de caminhar alguns metros, encontraram a entrada da chácara. Edgar abriu o cadeado e entraram acompanhados de dois vira-latas, Pimenta e Canela.

Uma casa grande com piscina e muito conforto. Lana aos poucos foi diminuindo a tensão. Colocou uma trilha sonora para aquele instante, Caetano Veloso.

Edgar trouxera um baseado.

– Fuma que relaxa! – insistiu.

Depois de perambular pela chácara, Edgar mostrou-lhe a cama matrimonial, colocada no centro de um quarto amplo e diáfano. Lana muito à vontade se despiu sem pudor, estava segura de si, sua intenção era aproveitar do que estava por vir. Foi atada por Edgar, que lhe abraçou com leveza; caíram na cama. Em sinergia, os jovens experimentavam seus corpos, ardentes de desejo. A cópula aconteceu com prudência e camisinha.

Caetano seguia com o seu repertório. Pelos alto-falantes do aparelho de som, vibrava a canção "Trem das cores": "*A franja da encosta cor de laranja, capim rosa chá...*"

– Encontrei o nome, sarau LARANJA – disse Lana, em devaneio.

Inebriado pela satisfação do coito, Edgar se sentia afortunado de estar ali, não queria pensar no depois, na volta, no amanhã. Para reconfortá-lo, Lana citou James Joyce: "Não há passado, nem futuro, tudo flui em um eterno presente."

Partidos opostos

Foi na Assembleia Legislativa, na sessão de votação de projetos, que Natália e Nando se conheceram. Rolou uma interação imediata, uma coincidência de olhares avassaladores, se perceberam desde os extremos da sala. Naquele instante, eram únicos, o falatório desconexo típico dessas reuniões não interferiu numa comunicação silenciosa entre os dois oponentes. Depois de horas escutando muito falatório, se esbarraram na porta principal, sem circunlóquios se apresentaram. Nando convidou Natália para tomar algo num bar tradicional nas imediações, e o segundo tempo aconteceu na casa dela. Mal tiveram tempo de tirar a roupa.

Este encontro deu início a esta história, que conheci com detalhes numa narrativa contada em primeira pessoa.

Nando preferia o lado esquerdo da cama. Após uma noite de libertinagem, dormia como um bebê. Natália preferia o lado direito e não conseguia dormir depois do sexo, precisava estar sozinha, reconectando com a sua intimidade, ademais gostava de saborear um cigarro.

A relação dos dois era sustentada no respeito à individualidade, melhor dito, cada um com a sua vida. Havia algumas pequenas regras, não explícitas, que funcionavam bem. Sem planos para o futuro, apenas viviam o presente, proibido falar de família ou política, já que pertenciam a partidos opostos.

Natália desde jovem mostrou vocação para a esquerda, desejo influenciado pelos pais, socialistas, em outra época marxistas. Nando era de centro-direita, "dos conservadores de plantão", como lhe dizia Natália num tom de deboche.

Nando tinha dois filhos, uma adolescente do primeiro casamento e um menino do segundo relacionamento. Estava casado com Olívia, que nem imaginava que ele mantivesse um caso estreito com Natália.

– Nos vimos em algumas ocasiões, uma mulher séria, muito elegante, estilo Audrey Hepburn. Parecia apaixonada, digo porque vi o brilho nos olhos dela. Ela observava o Nando e eu a observava, era véspera da eleição municipal – compartilhou Natália, numa de nossas conversas.

Nos maiores duelos políticos, Nando assessorava o candidato da direita, e Natália auxiliava o da esquerda, num combate de partidos.

Natália dizia que jamais tivera ciúmes de Olívia. E zombava que sempre ficava com o melhor pedaço do bolo.

– Aceito as transas do Nando com a Olívia, ela também tem direito a um pouco de sacanagem. Como dizia um amigo meu: "Lavou, tá novo." – Gargalhava.

Nando não gostava dessa ironia e lhe pedia respeito com a mãe do filho dele.

Natália adorava dizer que Nando era intenso e de poucas palavras. Que não podia imaginar como era a relação dele com Olívia, uma mulher recatada.

– Fazemos de tudo, um sexo intuitivo e livre – declarava.

De vez em quando, viajavam juntos, mas em voos diferentes; se hospedavam no mesmo hotel, em quartos separados. Mais tarde se encontravam na suíte dela ou na dele. Saíam para jantar em algum restaurante discreto, recomendado pelo gerente ou recepcionista do hotel. Essas escapadas se converteram em fetiche. Quando Nando tinha reuniões do partido e chegava bem tarde no hotel, ia direto para o quarto da Natália, com muitas ideias na cabeça.

Além das viagens pelo país, iam para o exterior, sempre a trabalho. Passavam uma semana em NY, outra em Tóquio, estiveram em Berlim, Buenos Aires, Roma e tantos lugares. Nando sempre comprava um presente para Olívia, que Natália pessoalmente escolhia.

– Vi que ela usava uma bolsa Chanel que compramos em Paris – confessou Natália.

Natália e Olívia formavam um absoluto contraste, como *yin-yang*. Nando se organizava e conseguia tempo para estar com as duas. Como cinéfilo, aproveitava qualquer oportunidade para ir ao cinema. Com Natália, os grandes clássicos, reprises nas salas da rua Augusta, como os filmes do Buñuel, Godard; com Olívia ele assistia aos lançamentos, *blockbusters*.

– Numa ocasião fomos ver Jules e Jim, e Nando ficou avergonhado quando comparei nosso triângulo amoroso com o romance do Truffaut – confessou Natalia.

Restaurantes familiares com Olívia, com Natália o melhor da boemia. Com Olívia o dia, com Natália a noite. Em muitas ocasiões, aproveitavam para escrever discursos dos seus candidatos, sempre intercambiando vocabulário e sugestões. Nando era uma máquina de elaborar discursos, com uma oratória impecável discorria sobre qualquer tema. Estudou relações internacionais e quase seguiu a carreira diplomática. Natália cursou relações públicas e entrou na política por casualidade.

Natália escrevia sobre inclusão, igualdade, justiça social, preservação do meio ambiente. Nando sobre modernização, economia neoliberal, privatização, direitos de propriedade.

Os amantes sobreviveram aos inúmeros fracassos dos seus candidatos. Algumas vezes Nando ganhava, em outras Natália. Sem importar o resultado, os dois sempre terminavam juntos, um celebrando a vitória, outro buscando consolo depois da derrota.

Nas últimas eleições presidenciais, Nando foi transferido para Brasília para dirigir a campanha e levar seu candidato à presidência. Foram tempos difíceis, de muita pressão, sem descanso. O sobe e desce das eleições esfriou a relação de Nando e Natália, que, inclusive nesse meio-tempo, teve um novo caso amoroso, com um companheiro do partido, assessor fiscal, comunista da velha guarda, divorciado, sem filhos e com inclinação para relacionamentos sérios. Teve curta duração, ele se declarou para Natália, que sem muita explicação saiu pela tangente.

– Era um ótimo sujeito, mas faltou encanto – se desculpou Natália.

Depois das eleições presidenciais, Nando voltou para São Paulo e procurou por Natália. Numa breve ligação, cheia de faíscas, contou seus desejos mais obscenos, sem poder esperar propôs um encontro naquela mesma tarde.

Natália ficou excitada com o convite, conhecia bem a performance de Nando. Marcaram na porta do edifício onde Natália trabalhava, na Praça da República, de lá direto para o motel mais sofisticado da cidade. Em estado de graça se amaram, sem trégua. Nando muito expansivo, contava episódios dos bastidores da eleição, histórias pitorescas sobre os candidatos. Relatou as perdas e lucros do partido, foi a primeira vez que se falou em política.

Ficaram ali horas em atos libidinosos, sem pressa para terminar o reencontro.

Recuperando-se da ginástica corporal, Natália queria estar descansada. Atenta, escutava Nando, que refletia sobre o futuro e lhe explicava que durante a última campanha, apesar do trabalho exaustivo, teve tempo para uma crise existencial.

– Olívia e eu nos separamos. Ela está bem, já tem outra pessoa. Eu deixo a política, quero começar algo novo, longe daqui, na Europa. Tenho interesse na docência. Vem comigo, vamos começar algo juntos!

Natália ficou paralisada, um sufoco a impediu de pronunciar qualquer sílaba. Buscou o relógio, consultou a hora e de súbito se levantou.

– Preciso ir, tenho que enviar um *e-mail* antes da meia-noite e o arquivo está no meu portátil. Te ligo e conversamos depois sobre tudo – disparou.

Pediu um serviço de táxi e desapareceu.

Aquele foi o último encontro entre os dois amantes. Nando ligou, deixou mensagens, sem nenhuma resposta. Natália estava incrédula com as últimas notícias de Nando, de que não eram mais partidos opostos, que podiam estar do mesmo lado, ter um convívio diário, estar juntos, sem obstáculos.

Amantes sim, mais que isso seria ir contra os seus princípios. Natália precisava manter a individualidade que cultivou durante anos.

Meu nome é Susi

Estava sentado ao redor da árvore quando encontrou o seu nome num pacote retangular. Com os olhos fechados, rasgou o papel estampado com bolas e sinos natalinos e, para a sua surpresa, encontrou um caminhão de bombeiros, desses que andam e tocam a sirene. Tentou dissimular o desapontamento com o que ganhara, de soslaio observava a felicidade da irmã com a sua nova boneca, uma Susi. Não compreendia por que o velhinho gorducho ignorara o seu pedido, havia depositado uma carta na caixa de correios no *shopping* da cidade, com destino à casa do Papai Noel. "*Papai Noel, tenho oito anos e neste Natal quero uma boneca Susi, com roupa de inverno. Feliz Natal! Com amor, Vinícius.*"

Depois desse episódio, Vinícius nunca mais enviou cartas para o Papai Noel. Aceitava conformado o presente que recebia, porém seguia cobiçando os brinquedos da irmã. Ele era o caçula de dois filhos, com diferença de um ano para Maisa.

Desde pequeno preferia os brinquedos dela. Sua mãe insistia em lhe explicar como deveria ser a partilha: "Este carrinho é seu, esta boneca da Maisa." Com o tempo Vinícius começou a driblar a situação, inventava histórias para usufruir do patrimônio da irmã, atuava como médico ou bombeiro, com o pretexto de atender a uma boneca em perigo.

Além dos brinquedos, Vinícius gostava de usar os sapatos e as roupas de Maisa. Quando estava sozinho no quarto, vestia o *tutu* e as sapatilhas de balé da irmã e se colocava diante do espelho, em pose de bailarina. Foi surpreendido alguma vez pela mãe, que reprochava o que via.

– Preste atenção, balé é coisa de menina, e você é um menino – reclamava.

No colégio passou a se isolar durante o recreio, buscava um canto para evitar ser importunado por alguém. Às vezes, fingia alguma lesão na perna para se livrar do futebol e dos constantes insultos.

– Vinícius parece uma florzinha, de tão delicado – diziam os colegas.

Na adolescência Vinícius se apaixonou pelo primo Danilo, que tinha a sua idade, um garoto prodígio, imaculado. Os dois primos cresceram juntos, desfrutavam as férias em Guarapari, as festas de final de ano e eventos que povoavam a memória de Vinícius, como uma época feliz. Sempre juntos, jogando xadrez, assistindo à TV ou se espreguiçando como felinos. Danilo era gentil e agradável com Vinícius.

– Vini, você é fera, um ótimo enxadrista, que inteligente – elogiava.

Vinícius se sentia tão imponente com tanto elogio, que esse sentimento se transformou num desejo avassalador. Descontrolado, Vinícius partiu para cima de Danilo numa tarde em que estavam sozinhos em casa. Tascou-lhe um beijo, que foi interrompido por uma bofetada e o fim de uma bonita amizade.

– Ficou louco? Tá achando que eu sou *viado*?

Danilo nunca compartilhou o episódio com ninguém, mas se afastou do primo. Após a desilusão, Vinícius decidiu que não sofreria mais de desamor, nada mais de paixões.

Ainda na puberdade Vinícius começou a escrever um diário, que escondia na estante. "*Tenho escutado falar em democracia, o tio Anselmo me explicou que tem a ver com a liberdade do povo, com o consentimento de eleger como queremos viver. Será que vamos poder escolher nossa maneira de ser? Dizem que vamos ter um novo presidente, um representante do povo, acho que será Tancredo Neves. Vou lhe enviar uma carta para lhe contar que estamos infelizes e queremos muitas mudanças. Quero decidir o meu futuro, fazer o que gosto, ser eu mesmo, sem proibições.*"

Vinícius estava na fase do meio, meio menino, meio adolescente, meio tímido, meio lançado, meio travesso, meio apático, e, neste redemoinho de emoções, conheceu Oscar, o seu novo vizinho, um moleque endiabrado e com muita vivacidade. Gostava de inventar jogos, curioso, ansioso por provar novas aventuras, tinha os olhos chispantes. Numa tarde em que a criançada brincava na rua, apareceu Oscar, que sem timidez entrou na equipe de Vinícius numa partida de queimada. Disputa entre dois bandos que se contra-atacam com uma bola de meia à queima-roupa. Depois do prélio, cada um seguiu o seu caminho, e Oscar se aproximou de Vinícius.

– Sou novo por aqui. Você quer ser meu amigo? – apresentou-se. Foi instantâneo, houve uma sintonia imediata entre eles, que não se desgrudaram mais.

Numa brincadeira de pega-pega nas ruas do bairro, Vinícius e Oscar entraram atrás dos escombros de um edifício, estavam ali juntinhos, com os corações disparados pela adrenalina típica de um estado juvenil. De repente, sem anunciar, Oscar beijou Vinícius, boca com boca, como no *trailer* de uma comédia romântica.

– Se contar pra alguém, te mato! – predisse Oscar.

Vinícius acabara de dar o seu primeiro beijo e foi perfeito, voltou para casa num estado de purificação.

Os dois jovens começaram a frequentar as festas do bairro, onde a música lenta era a preferida dos casais e dos solteiros, que buscavam companhia para dançar coladinho. Naquele dia, Oscar ditou as regras: – Hoje vamos catar duas gatinhas.

Vinícius seguiu as ordens do seu conselheiro e tirou Edividges pra dançar. Era uma menina tímida, que duma ponta do salão observava o oscilar dos casais, num revezamento constante, num faz e desfaz de pares. Vinícius tentou disfarçar os seus trejeitos afeminados, para convencer a moçoila da sua masculinidade. Conduziu a dança com nobreza. Enquanto isso, Oscar tentava seduzir Charlene, uma garota descolada, avançada para a época, que já acumulara alguma experiência com garotos. Foi uma festa inesquecível e uma boa parceria, Vinícius aprendeu um pouco sobre as mulheres, e Oscar pôde tocar um par de tetas.

Os dois amigos seguiam buscando a utilidade daquela máquina chamada corpo humano. Quando estavam sozinhos, se tocavam mutuamente, acontecia uma masturbação coletiva.

Fim de semana, uma manhã preguiçosa, propícia para estar à toa em casa, assim se encontrava Vinícius quando o interfone tocou. Era Oscar, com uma cara diferente da habitual. Entrou e disparou:

– Vou me mudar em uma semana, pra bem longe. Papai foi transferido.

Vinícius ficou desorientado com a dolorosa notícia. Com a partida de Oscar, ele decidiu estudar muito para merecer uma boa universidade, conseguir um bom trabalho e poder viajar pelo mundo, viver sem apegos. "*Querido diário, de novo o meu coração está despedaçado, será que algum dia isso deixará de acontecer? Basta de não ser quem eu quero, fingir que tudo está onde deveria estar. Que porra!*"

Discreto, Vinícius escondia um segredo numa caixa parda, de papel enrugado, guardada com precaução no armário entre outros objetos. Todos os dias ao se levantar, abria a caixa e ficava admirando o que estava dentro e, ao observá-la, ia mudando de expressão: sorria, ficava sério, pensativo, angustiado, aflito, desesperado e voltava ao estado inicial de contemplação. Fechava a caixa e a guardava no mesmo lugar. Quando tinha pesadelos, acordava assustado e destampava a caixa para se assegurar que tudo estava como havia deixado.

Vinícius tinha um plano para revelar o segredo da caixa quando completasse a maioridade, mas, quando pensava neste instante, começava a suar frio e se sentia ameaçado pelos próprios pensamentos.

A mãe convidara alguns parentes para a festa de dezoito

anos de Vinícius, seria uma reunião familiar. Encomendara um pernil que seria servido com arroz com pequi, farofa, quiabo e banana frita, além do pão de queijo. De sobremesa, canudinho com doce de leite e uma torta de bolacha com chocolate.

Enquanto a mãe e a irmã preparavam a festança, Vinícius roía as unhas, reflexivo, não via nada ao seu redor, os nervos estavam exaltados. "Estou num beco sem saída", pensou.

A casa estava repleta, lotação máxima, as diversas vozes enchiam o ambiente. Sem que ninguém percebesse, Vinícius, sorrateiro, se trancou no quarto e pegou a caixa parda em busca do seu pequeno tesouro. Foi retirando peça por peça, colocando sobre a cama pedaços daquele segredo tão bem guardado. Pensou em desistir do plano, mas o desejo de mudança prevaleceu e foi assim que tudo começou.

Do lado de fora, a mãe batia na porta e pedia explicações.

– Tudo bem, meu filho? Estão todos te esperando para soprar as velas.

– Já vou, saio em uns minutos.

Do outro lado, Vinícius começou a concretizar o que foi planejado e guardado na caixa parda, pouco a pouco foi dando forma ao personagem que idealizou para si. Despiu-se, em seguida vestiu uma calcinha preta, com muita cautela uma meia-calça transparente sobre as pernas depiladas, o vestido preto de bainha bem acima dos joelhos foi o grande destaque da produção. Vinícius era comprido e esguio, um rosto de traços delicados, evidenciados pelo cabelo fino e curto. Faltavam os sapatos de verniz, salto baixo e quadrado. Olhou-se no espelho e não acreditava no que via, uma moça elegante, até agora desconhecida, desejosa de ser apresentada à sociedade. Quase se esqueceu de um pormenor, o batom vermelho.

– Vamos, saia deste quarto! – insistia a mãe.

Vinícius hesitou em continuar com a ideia, mas num impulso girou a chave e foi abrindo a porta devagar.

– Vem vindo, apaguem a luz – ordenou Maisa.

Apagou-se a luz, em coro o canto inundou o salão: "Parabéns pra você, nesta data querida, muitas felicidaaaaaades..." Vinícius se encontrava ao lado da porta, na penumbra, com os punhos apertados e o coração como um trem desgovernado. Acendeu-se a luz e por uns segundos o silêncio foi rei, o estado de choque era pleno, ninguém ficou indiferente à presença daquela senhorita, acanhada no canto da sala. A mãe desfaleceu e foi acudida por Maisa, primo Danilo saiu à francesa para evitar algum depoimento sobre o sucedido, tio Anselmo, burlesco, se pronunciou:

– Isto é coisa da juventude. Dê-lhe uma enxada que passa. Se não funciona, levem ao psiquiatra, certeza de que com medicamentos, umas injeções de testosterona, o caboclo vira macho.

– Não aceito *viadagem* e pouca vergonha nesta família. Vá embora desta casa – lacônico, o pai vociferou.

Pávido e desnorteado, Vinícius saiu disparado, desceu a escadaria do edifício aos tropeços, numa correria, desapareceu. Caminhou por quase uma hora, chorou tanto que os olhos se emurcheceram. Foi perseguido por um motorista insistente que lhe oferecia carona.

– Entra, te levo pra onde você quiser.

Vinícius cedeu às súplicas do desconhecido, entrou no carro sem dar um pio. O motorista lhe ofereceu um copo de uísque, pisou no acelerador e saiu cantando pneu. Vinícius, depois de um trago, relaxou a tensão, interagindo com o estranho que fumava, bebia e conduzia ao mesmo tempo.

– Não tenho família, nem casa. Sou um desgraçado – se lastimava.

– Hoje cê tem alguém pra se divertir. Bora nessa! – seguiu o rumo da serra.

Chegaram num ponto alto da cidade, de uma vista panorâmica deslumbrante. Desceram do automóvel, Vinícius se sentou no capô do carro, por um minuto esteve absorto, contemplando uma imensidão de luzes que brotavam de Belo Horizonte como vaga-lumes acesos na escuridão.

– Esta é da boa, e se quiser tem mais – ofereceu-lhe cocaína, uma raia branca, alinhada sobre a caixa de cigarros.

– Uau, estou ótimo! – Era a primeira vez de Vinícius, a primeira cheirada, aspirada de euforia, de vigor, passou de se sentir um fracassado ao pleno êxtase.

– Estamos livres, o mundo é nosso. – Lançou-se sobre Vinícius, que estava rendido.

Os dois desconhecidos se atracaram, insaciáveis em busca do gozo supremo. O estranho chegou por trás e num movimento abrupto penetrou Vinícius, que percebeu que aquele era o momento equivocado.

– Pare, por favor! – suplicava em vão. O pó perdera efeito e o prazer foi substituído pela dor que lhe dilacerava.

– Entra no carro que te levo – anunciou, enquanto Vinícius se recompunha.

Regressaram calados, Belo Horizonte dormia.

– Desça!

– Não tenho pra onde ir – implorou Vinícius, à medida que era empurrado para fora do carro.

Duas mulheres que observavam a cena se aproximaram de Vinícius, encolhido numa rua maltratada, perpendicular à rodoviária.

– Se eu tivesse dinheiro, entrava num ônibus e fugia pra bem longe – choramingava.

– Vamos tirar você daqui, me dê a mão – disse Pâmela, loira, olhos de esmeralda, cabeleira desgrenhada, botas e um corpete que apertava o silicone.

A outra mulher era Glória, negra de mediana idade e mediana altura, dona de pernas e braços torneados, quadril grande, modificado às custas de muita injeção, dentes verdadeiros que esbanjava em sorrisos gratuitos. Vistosa, jamais descia do salto, uma equilibrista. "A elegância da mulher está no salto", zombava.

– A temperatura caiu, faz um frio danado, o baile acabou. Vamos embora! – ordenou Glória.

Caminharam pela avenida Afonso Pena, entraram na rua da Bahia e seguiram em zigue-zague até uma ruela escura e lúgubre. Subiram seis andares para chegar numa quitinete com odor de gardênia e com muitas caras que cobriam as paredes desbotadas: Sônia Braga, Rita Hayworth, Josephine Baker, Brigitte Bardot, Raquel Welch, Marilyn Monroe, Ava Gardner e outras musas, artistas inspiradoras que escondiam as marcas daquele muquifo. Uma imagem de Marlene Dietrich com um cigarro na boca, em Marrocos, ilustrava o banheiro, com um *smoking*, esplêndida e transgressora, numa beleza *sui generis*.

Vinícius ocupou o pequeno sofá que dividia o quarto da sala.

– *Good morning, darling*! – proferiu Pâmela, que tinha alguma noção de inglês.

Com os olhos tristes, Vinícius lhe observava, pensativo, tentando se orientar naquela manhã de domingo. Pâmela lhe ofereceu um café, recém-coado.

– Beba que regenera a carcaça.

O aroma do café fez com que Vinícius se lembrasse da mãe e dos hábitos que conservara até então. Ficou consternado, e o choro irrompeu da sua face abatida.

– Vem aqui, meu querubim. – Pâmela lhe envolveu nos seus braços grandes como galhos de um velho carvalho. Vinícius lhe contou sua epopeia até aquela fatídica noite.

Pâmela também tinha infortúnios a compartilhar, da sua infância numa família rica, no interior de Minas Gerais, às ruas de Belo Horizonte. Fazia quarenta anos que fugira de casa num circo mambembe depois de se apaixonar por um mágico que lhe abandonou pelo caminho.

– Socorro, fui possuída pela mulher barbada. Comecem a sessão de descarrego – caçoava Glória, que tinha muitos pelos e necessitava se afeitar todos os dias. Era uma moleca quando foi flagrada pelo pai na boleia de um caminhão chupando o pau do motorista. Excomungada, Glória fugiu da Bahia, de boleia em boleia chegou a Belo Horizonte.

Combinaram que Vinícius ficaria uma temporada com as novas amigas. Pactuaram deveres e normas de boa convivência. "Vedado o uso de drogas no recinto, proibido levar cliente pra casa, a limpeza do local é trabalho de todas, cada uma pagaria o que pudesse para as despesas do lar, o desânimo não era bem-vindo e a alegria deveria ser partilhada entre todas."

Para trabalhar nas ruas, como profissional autônomo, Vinícius fez um curso básico de segurança com Pâmela. Aprendeu a esconder a gilete na boca e ter de reserva uma navalha na bolsa, nunca beber no copo de ninguém e vigiar a própria bebida, evitar tumultos e descer do salto se precisasse correr.

Aprendeu a se maquiar com Glória. Se olhava no espelho e as lágrimas desciam.

– Sempre me vi assim, uma mulher!

– Não chore, amor, assim você borra a maquiagem – avisou Glória, que lhe ensinou a fazer caras e bocas, expressões corporais e um truque para esconder o pênis. – Puxe pra trás e coloque entre as nádegas.

– Você precisa de um nome de guerra, que seja artístico e represente a sua essência feminina – sugeriu-lhe Pâmela.

– Meu nome é Susi.

– Arrasou, bicha! – festejou Glória, terminando os últimos retoques da maquiagem.

As três damas pararam numa esquina na rua dos Caetés, onde outras garotas faziam ponto. Pâmela e Glória zelavam a Susi com um olhar maternal e conselhos experientes.

– Não confie em ninguém. A partir de agora você é uma

infratora para a sociedade. Ser prostituta é um crime, ser prostituta e travesti são dois crimes – explicava Pâmela.

Os programas eram realizados em hotéis da região, adequados às necessidades do mercado, meretrícios duma incessante fábrica de sexo onde provedoras e clientes desfilavam pelos tortuosos corredores, repletos de alcovas desvirtuosas.

Um sujeito franzino fez sinal para Susi, que incrédula olhou de viés para Pâmela, que consentiu com a cabeça. Seguiram para um hotel decadente com luzes de néon.

– Vem, meu bem, tire a roupa e acabemos com isso – disse o freguês, sem perder um minuto.

Nesse momento, Susi obedeceu à ordem e assumiu a responsabilidade de dar prazer aos seus amantes transitórios. Fez pose sensual, gemeu simulando prazer, cobrou a sua propina e fez do ofício uma prática.

Susi controlava o serviço, tinha clientes assíduos e formava um amálgama indestrutível com Pâmela e Glória. Desse encontro raiara uma sororidade profunda.

De vez em quando, ligava para a mãe: "Estou bem, não se preocupe", resumia.

Numa noite de pouco entusiasmo e parco movimento, um distinto senhor se aproximou de Susi, que fazia ponto na costumeira esquina. Em poucos segundos, braços dados, subiram para um aposento. O homem se despiu do casaco de lã e dos sapatos de bico fino recém-lustrados e se colocou comodamente numa ponta do catre.

– Por que a prostituição? Não encontrou coisa melhor pra fazer? Nota-se que você vem de boa linhagem – afirmou Hipólito, viúvo e juiz de direito aposentado.

Susi, que começara a se desvestir, se assustou com o comentário, ficou com cara de tacho. Encolhida, perguntou:

– O que o senhor quer comigo? Por onde começamos?

– Já comecei, a minha luxúria é escutar histórias. Posso pagar por isso, é só me dizer o valor – abriu a carteira e lhe ofereceu muitas notas.

Susi desconfiara daquela circunstância insólita, mas foi cedendo. Meretriz e freguês estiveram conversando por muito tempo.

Pâmela, com os pés pregados na porta do hotel, estava aflita com a demora da colega.

– Uma pessoa pode ser o que ela quiser, mas antes tem que convencer a si mesma dessa escolha. Depois, lutar com todas as armas para se assegurar da concretização do objetivo.

– Aqui é o único lugar onde posso ser como sou, com gente como eu.

– Um engano, você tem um recurso, a sabedoria, que lhe dará autonomia para ser quem você quiser. Estude, averigue quais são os seus direitos, aprenda a lutar pelas suas metas.

Susi ficou observando aquele ser fleumático, de um falar ameno e ao mesmo tempo austero.

– Sabe ler e escrever? Vá cursar direito – finalizou. Calçou os sapatos, vestiu o casaco e ao sair deu de cara com Pâmela, que andava com o ouvido colado à porta. Saudou-a com a cabeça e desapareceu pelo corredor.

Pâmela encontrou Susi ensimesmada, com os pensamentos em círculo, desconexa. Apenas proferiu:

– Voltarei a estudar.

Desde então, passava os dias enfurnada numa biblioteca, tragando jornais e revistas, devorando livros didáticos e simulados de provas. Nos finais de semana, fazia programas para ajudar nas despesas compartilhadas com Pâmela e Glória. Por intermédio de Maisa, a mãe lhe mandava dinheiro para os gastos pessoais.

Finalmente o resultado mais ansiado por Susi e por suas zeladoras, a lista de aprovados no curso de direito.

– Aprovadíssima! Oxente, temos que festejar – gracejou Glória, quando soube da notícia.

Aos poucos Susi se transformou numa mulher confiante. Fez cirurgia de redesignação de sexo e de feminização facial. Colocou silicone e não se cansava em repetir "adoro os meus melões".

Com a retificação de nome, desapareceu Vinícius, desde então apenas uma lembrança guardada no diário, conservado por Susi. Ela se tornou uma advogada de êxito e fundou *Vitória*, ONG de apoio jurídico às transexuais. Pâmela, seu braço direito, era quem "colocava ordem no barraco". Na inauguração da ONG, faltou Glória, que andava doente, padecia de pneumonia.

Durante o seu primeiro discurso, Susi se lembrou do que Glória, divertida com a sua risada inconfundível, profetizara: "Você nasceu para ser uma mulher poderosa."

Velha é a mãe!

– Velha é a mãe! – gritou, nervosíssima, e saiu sem olhar para trás. Ada não suportou aquele insulto, uma atitude grosseira por parte da sua melhor amiga.

Os dias se passaram sem nenhum telefonema entre as maiores confidentes do pedaço e companheiras inseparáveis. Ada e Catarina fizeram a faculdade juntas e nunca mais se distanciaram. Andavam de um lado a outro, como duas comadres, satisfeitas com o que a vida podia lhes oferecer.

Ada estava em estado de júbilo, acabara de completar cinquenta e cinco anos, havia assinado o divórcio e seus filhos cuidavam de si. Flávia, a mais velha, era mamãe de gêmeos e morava numa cidade do interior. Kevin vivia com a mãe, mas tinha intenção de morar sozinho, rapaz responsável, dono de uma empresa de informática.

Ada era professora de história no ensino secundário e se distinguia de outros educadores pela maneira como lecionava. Carismática e divertida, tinha uma ótima reputação entre os alunos. Ninguém perdia a sua aula magna:

– Vocês já ouviram falar em Gorbatchov? E Perestroika? Para conhecer estes dois nomes vamos entrar no túnel do tempo, preparem-se para aterrissar na URSS.

Ada era uma mulher resolvida e se amava. Baixinha, com algumas gordurinhas extras, que ela chamava de "excesso de gostosura", quadril avantajado e duas tetas protuberantes, "originais de fábrica", dizia.

Para manter a forma, desfrutava de tempo numa academia de musculação, que funcionava os sete dias da semana. Ada malhava um dia sim, outro não, com ajuda de um treinador e muitas vezes acompanhada da inseparável Catarina e a sua boa conversa.

As duas amigas falavam sobre tudo, sem exceção. Naquele dia, surgiu uma pauta nova, desejos reprimidos foi o tema. Catarina lhe confessou um segredo que ela evitava pensar, tamanho era o seu pudor.

A galega, como era chamada pelos amigos, estava na casa dos cinquenta e mantinha um casamento de vinte e cinco anos. Heleno era o marido perfeito, simpático, bem-humorado, trabalhador e fiel, pelo menos nunca havia dado motivo para desconfiança. Catarina não tinha queixa do seu relacionamento, sua vida sexual era dinâmica, Heleno se esforçava para manter uma boa performance. Mas ela queria provar algo novo, uma pequena aventura, pretendia conhecer outro corpo, outro tato, outra respiração. Um fetiche!

– Quero um amante – disse aliviada.

– Como assim?

– Não quero me separar do Heleno, será algo passageiro, sem consequências. Um pouco de diversão não faz mal a ninguém.

– Vamos procurar um adônis pra você – se animou Ada.

– E qual é o seu desejo reprimido? – indagou Catarina.

Ada fez cara de pensativa e contou:

– Sempre quis fazer uma tatuagem e nunca tive ousadia, antes era malvisto. Mas agora posso fazer uma, duas ou três tatuagens. Vou procurar um bom tatuador.

– Que ideia tola! Deixa disso, uma mãe de família, avó. Você tá velha pra essas coisas! – arrematou a amiga.

Foi neste momento que Ada segurou a respiração, pôs as mãos na cintura, levantou o queixo e saiu pisando duro.

– Velha é a mãe! – concluiu.

Ada resmungava "como estou velha?", não concebia o pensamento de Catarina.

Depois desse episódio, Ada mudou de rumo e buscou novos hábitos. Em vez de ir pela tarde para a academia, começou a malhar às sete da manhã, evitando encontros desnecessários com Catarina. Passou a frequentar o outro lado do bairro. Foi de um extremo a outro buscando novos estabelecimentos, minguando possibilidades de coincidir com a ex-amiga.

Ada passava horas diante do espelho buscando a velhice, aquela senhora que deveria acompanhá-la até o fim da vida. Mas sempre encontrava uma menina espevitada que se recusava em deixá-la.

– Não me sinto velha, me sinto jovem pra caralho! – dizia-se em voz alta.

Pensou que não queria mais perder tempo com esta classificação social para determinar quem é velho, quem é novo, quem pode e quem não pode. Resolveu não pensar mais no assunto.

Matriculou-se na ioga e na sua primeira aula se deu conta que era a mais velha de todas as alunas, além da professora, que mostrava a flexibilidade de uma serpente, se dobrava e desdobrava, sem qualquer sacrifício.

– Inale profundo, exale suave. Pé esquerdo pra trás, pé direito na frente, abre o peito, braços esticados pro alto, alongue o quadril, respira forte. – Sem pausa e com um sorriso refrescante, a professora ia animando as alunas em cada movimento.

Como novata, Ada recebeu o apoio das companheiras, que a entusiasmavam a continuar, mesmo com toda dificuldade perceptível de quem já estava sem fôlego.

– Não aguento mais – suplicava Ada, que se deu conta das suas limitações. De súbito se lembrou da frase de Catarina: "Você tá velha pra essas coisas."

– Velha é a mãe! – repetiu para si, indignada com aquele pensamento nocivo. Decidiu continuar com a ioga e passou a acompanhar o grupo, que com frequência se reunia para um lanche. Aos poucos se sentiu parte daquele movimento. Aceitou o convite para sair com as novas colegas.

– Vamos cair na noite nesta sexta? – insistiu "Heloísa com H", explicava a proprietária do nome. Uma mulher de quarenta anos, solteira convicta, democrática no sexo, gostava de meninos e meninas. Heloísa resolveu que não teria filhos, mas colaboraria com a taxa de natalidade do mundo trabalhando como auxiliar de obstetra na maternidade da cidade.

Uns chopes e foram parar numa danceteria de um amigo da Heloísa. A música era o grande atrativo daquele recinto nostálgico para quem viveu o auge dos anos sessenta, setenta e oitenta.

– Solta a franga, mulherada! – gritava Ada, inspiradíssima na pista de dança, com Heloísa, Isabel e Marta.

– Esse cara tá te olhando faz tempo, ele tá vidrado em você – sussurrou Heloísa para Ada, e abriu espaço para o aspirante entrar na roda. Ada percebeu que suas amigas se afastavam e se viu diante de um homem robusto e bonitão. O pretendente a uma boa noite se aproximou, arriscando uns passos avergonhados, e ganhou Ada com James Brown. "*I feel good*", cantavam os dois num uníssono fonema.

Cansados de dançar, procuraram um lugar reservado para tomar um drinque, e, entre um gole e outro, Ada teve um beijo roubado, daqueles de tirar o fôlego.

– Que delícia! – declarou Ada, no meio de uma pausa.

Era madrugada, Ada se despediu do bonitão, pegou um Uber e saiu às pressas, como quem tem hora para chegar em casa. Levantou-se com uma ressaca descomunal, mas nada tirava o seu entusiasmo. "*I feel good*", cantava pela casa enquanto preparava um bom café. O café amargo e puro era um segredo para curar qualquer ressaca.

A cafeína estimulara as lembranças de Ada, que buscava a bolsa, onde havia um cartão com pistas da noite anterior. Encontrado: "Clínica Grandes Amigos – Wagner Pereira, veterinário responsável."

– Ligar ou não ligar, eis a questão – disse a si mesma, e, numa dúvida shakespeariana, guardou o número.

No dia seguinte, Ada enviou um WhatsApp para Wagner. "Podemos repetir quando você quiser."

A resposta foi imediata: "Que tal hoje, no final da tarde?", escreveu o rapaz. "Fechado", contestou Ada, sem vacilar.

Marcaram no bar Orfeu, ponto de encontro típico para

paqueras. De cara, Wagner lhe contou que estava solteiro, que tinha um filho e que mantinha uma relação saudável com a ex-mulher, agora casada com a *chef* de cozinha do restaurante que eles frequentavam outrora.

Depois de algumas horas de colóquio, tomaram o rumo da casa de Wagner, que conduzia o furgão da clínica veterinária ao som do AC/DC. Ada pensou em desistir daquela peripécia, mas foi tomada pelo ímpeto de um desejo encorajador, que lhe causava frenesi. Ela ria daquela situação de improviso e pensava: "Onde estou me metendo?"

Entraram aos risos e se despiram. Para surpresa de Ada, seu parceiro estava coberto de tatuagens. Nas costas a cara de um lobo, no peito uma águia com as asas abertas, nas pernas desenhos variados divertiam aquele corpanzil. Ada, fascinada, lhe disse que queria uma tatuagem.

– Estou preparada para entrar na agulha – zombeteava.

– Posso te colocar em contato com a minha tatuadora argentina. É muito boa!

Foi uma noite especial, Ada se sentiu rejuvenescida.

No dia seguinte, Wagner telefonou para dar uma boa notícia, conseguira um horário com a tatuadora. Seria em uma semana.

Desde aquele momento, Ada esteve esmiuçando muitas ideias para a sua primeira tatuagem: luas, sóis, golfinhos, beija-flores, mas nada lhe interessava.

Restava um dia antes de fazer a tatuagem e Ada não tinha definido o desenho que imortalizaria na sua pele. Reflexiva, foi dormir pensando na fala de Catarina: "Você tá velha pra essas coisas."

No ateliê, Cecília a recepcionou com parcimônia, com brandura foi conduzida para uma pequena sala. Horas depois, Ada saiu exibindo a sua primeira tatuagem, no braço, na altura do ombro.

Tempos mais tarde, Ada recebeu uma visita inesperada, Catarina apareceu na sua porta com um pedido de desculpas a tiracolo.

– Não posso mais suportar a sua ausência, me perdoa pelos comentários preconceituosos. – Lamentava aos prantos enquanto se abraçava com Ada.

Em cumplicidade, ela pediu que Catarina entrasse, as amigas tinham muito papo que atualizar.

Catarina lhe contou sobre seus encontros extraconjugais, havia conhecido um pretendente numa página de anúncios e desde então buscava novas companhias, sem nenhum constrangimento.

Ada, vaidosa, ostentava a sua tatuagem em sinuosas letras itálicas: "*Minha juventude é eterna e minha alma não tem idade*."

Tamanho não é documento

Grace andava preocupada com o seu arroz, melhor dizendo, com o feitio do arroz, com o prato mais amado por Getúlio, seu noivo e "futuro esposo", como gostava de frisar a cozinheira. Eles se conheceram num baile *country*, ela era estudante de magistério e ele boiadeiro. Getúlio trabalhava numa fazenda a poucos quilômetros da cidade e ia almoçar na casa da prometida todos os dias, onde não podia faltar o arroz. Grace se esforçava para agradar a pança de Getúlio com um menu bem variado, desde bife à parmegiana a sarapatel, frango caipira a moqueca de peixe, e o arroz estava sempre lá, de acompanhante.

– O arroz de hoje virou sopa, o de ontem queimou, anteontem passei no sal. Que coisa esquisita – intrigada, reclamava.

Ao mesmo tempo em que preparava a comida do "Morzão", Grace escutava o seu programa de rádio favorito, *Sintonia do Amor*.

– Vai começar, vai começar – gritava histérica, buscando o rádio que ficava sobre a geladeira, para não perder o estribilho de abertura do programa: "Escute esta canção que é pra tocar no rádio. No rádio do seu coração. Você me sintoniza e a gente então se liga nesta estação." Ela era fã do Moraes Moreira e de todo repertório que escutava durante uma hora, de segunda a sexta. "Bom-dia e bem-vindos, amigas e amigos ouvintes, começamos mais um *Sintonia do Amor*."

Getúlio era preciso com o horário do almoço, religiosamente chegava ao meio-dia na casa da amada. Apesar de não viverem juntos e sem data para o casório, Getúlio tinha a chave da casa e do coração de Grace, gamada no jeitão do seu macho, um rapagão atlético, esbelto, dois metros de altura, braços de mármore, físico escultural, um deus do ébano, sabor chocolate ao leite. Carismático, tinha amizade em cada esquina, do fazendeiro ao capataz, atencioso com quem cruzava o seu caminho. As amigas de Grace se derretiam na presença de admirável *muchacho*.

– Que homem maravilhoso! – suspiravam.

Grace não deixava por menos no quesito formosura, tinha os cabelos longos com um brilho espetacular, nariz arrebitado, a pele alva e as bochechas rosadas, curvas acentuadas e uma bunda gostosa, uma fêmea muito atrativa. Ela esbanjava simpatia, com um sorriso perfeito, como num comercial de dentifrício. Getúlio e Grace formavam o casal mais vistoso da cidade, eram como um delicioso bem-casado. Porém, havia uma mania de Getúlio que Grace detestava: ele palpitava e punha defeito nas suas roupas.

– Gostou?

– Acho melhor você trocar de roupa. Ponha uma saia mais comprida, pelo menos um palmo.

– Eu gostei – afirmava Grace, inconformada.

– Falo para o seu bem, pra não ser chamada de piriguete.

– Mas esta saia é nova, foi um presente da tia Eloá.

– Tia Eloá é uma coroa exibida, se acha uma cocota.

– Não fale assim da tia Eloá.

– Pense nos nossos filhos. Será que eles gostarão de ter uma mãe malfalada?

– Como assim os nossos filhos?

– Quero ter pelo menos quatro ou cinco. Venha aqui, dê um beijo no seu nego.

Depois de algumas carícias, Grace cedia aos encantos de Getúlio.

Getúlio presenteava a sua adorada Grace com jogos de panelas, eletrodomésticos de última geração e qualquer utensílio que pudesse modernizar aquele recôncavo. A sua última aquisição fora uma TV com muitas polegadas, um presente para Grace no dia dos namorados.

O "casal perfeito", como eram conhecidos Getúlio e Grace, era invejado e admirado onde quer que estivesse. Pareciam personagens saídos de uma história de amor, lindos, cheios de chamego e prosperidade. Eram como "Romeu e Julieta", de goiabada com queijo. Estavam sempre juntos, e não seria diferente na festa de peão de boiadeiro.

O acontecimento do ano era esperado com anelo por Getúlio, dez dias de farra, assinalados na folhinha. O apogeu da festa era a montaria em touros, os oito segundos de adrenalina, que permeavam o juízo de qualquer caubói em busca da catarse ao se sustentar sobre o animal enfurecido numa disputa épica, de titãs.

Getúlio andava aporrinhado porque Grace fora convidada para participar do concurso da rainha do rodeio. Fez de tudo para persuadi-la em recusar o convite. A namorada, que contava com o apoio da tia Eloá, se mostrava irredutível em sua decisão, iria participar do concurso.

– E se sou a escolhida? Tenho até um frio na barriga só de imaginar essa possibilidade – devaneava.

– Moça séria num participa dessas besteiras.

– Cê tá falando isso pra modo de quê? Tá dizendo que não sou moça séria?

– Nada disso, meu amorzinho, tô falando que cê num precisa participar de concurso. Além do mais, você já é a minha rainha.

– Morzão, sou a sua rainha, mas desta vez eu participo – concluiu, taxativa.

Grace era apaixonada por concursos de beleza e sabia de memória as posturas e maneiras de como se apresentar diante dos jurados. Treinava com afinco os passos do desfile.

– Caminhe em linha reta, um pé na frente do outro, mão na cintura, queixo alinhado com o corpo, sorrindo, pare com a pontinha do pé inclinada, faça meia volta e siga caminhando – insistia.

Às vezes, fazia uma pausa para escutar o seu programa preferido, *Sintonia do Amor*.

Ao mesmo tempo que Grace se preparava para o concurso de beleza, Getúlio treinava montaria, obcecado pelo duelo que travaria com Vingador, um nelore com mais de novecentos quilos, intacto, até então nenhum peão conseguira lhe montar por oito segundos, temível, pulava e girava incessante para derrubar o boiadeiro.

Na véspera da grande festa, Grace fez um comentário que estremecera aquele sólido vínculo com o namorado.

– Caso ganhe o concurso, com o prêmio poderei abrir a minha empresa de quentinha.

Getúlio saltou da poltrona e advertiu:

– Nem pensar, você não precisa trabalhar. Muito menos cozinhar para outros.

– Quero ter meu próprio sustento, minha independência econômica.

– Quem colocou isso na sua cabeça? Aposto que essa ideia de jerico saiu da tia Eloá.

– Saiu de ninguém, esta sou eu!

– Mulher minha não trabalha! Quem vai cuidar da casa e das crianças?

– Posso pagar alguém para me ajudar.

– Morzinho, você não precisa trabalhar, dou tudo o que você quiser, é só pedir. Esqueça essa sandice.

– Que vergonha desse seu discurso.

Concomitante à Grace, Getúlio fora angariando vitórias, estavam invictos, pedindo passagem para o *gran finale*. Foram dias de desencontros, cada um no seu canto, Grace acompanhada de tia Eloá e Getúlio amparado pela proteção de Nossa Senhora Aparecida, estampada na fivela do cinto, reforçada pelo santinho guardado no chapéu.

No último dia do rodeio, Grace e Getúlio almoçaram juntos, taciturnos, não falaram em competição ou coisa parecida. Grace se despediu de Getúlio com um "boa sorte" e recebeu um "obrigado", numa entoação espessa.

Getúlio se preparava para entrar na arena, a voz do berrante anunciara o início das provas finais de montaria. Do outro lado do recinto, se encontrava Grace trajada de amazona, metida num camarim com outras finalistas do concurso de beleza. No meio de tanta gente, ela escutou uma voz familiar que se desfez no zunzum que enchia aquele ambiente.

– Todas em fila, chegou a hora do espetáculo – anunciou a coreógrafa.

Vingador andava agitado e dava coice até no ar. Getúlio pedia proteção à Nossa Senhora enquanto subia no touro. Montou no danado, fez o sinal da cruz e a porteira se abriu. Com uma das mãos se segurou como pôde, chacoalhando como uma batedeira, resistiu por cinco segundos aos solavancos de Vingador, que o lançou longe. Chifrado e quase pisoteado pelo impiedoso adversário, Getúlio foi resgatado pelos salva-vidas. Arrasado, saiu de cena.

– Amigas e amigos, vamos conhecer a rainha do rodeio – anunciou o apresentador, convidado especial para aquela noite de gala. Outra vez, uma voz soava familiar para Grace, que com os olhos atentos buscava identificar quem era o interlocutor. Com um pouco de esforço, reconheceu aquele vozeirão, o radialista do *Sintonia do Amor*. A descoberta a deixou extasiada e com satisfação desfilou em estado de graça, um esplendor que a colocou no cume do pódio.

– A rainha desta noite tem o sorriso mais bonito que jamais vi igual. Grace! – lardeou o flamante locutor.

– Parabéns, bela mulher! – galanteou, e um flerte acertado despontou naquele instante. O chamativo era a baixa estatura do apresentador, que ao lado de Grace parecia um meio homem. Com um metro e meio, teve que subir num tamborete para colocar a faixa na rainha.

O último que se soube de Grace era que a sua empresa de quentinha crescia vertiginosamente. Engatou namoro com o radialista, que a levava para almoçar nos melhores restaurantes, lhe dava joias e admirava as suas roupas. Ela nunca mais se equivocou com o feitio do arroz.

Getúlio foi visto desconsolado, errante, vagando pelos pastos da fazenda.

– Que boa troca você fez, de cavaleiro a cavalheiro – achincalhava tia Eloá, que aforística dizia: – Tamanho não é documento!

Sim, existe crime perfeito!

O piano de cauda ocupava um lugar privilegiado na sala principal do casarão, onde Beatriz morava com o marido e a filha. Bia começou a tocar o piano com cinco anos de idade e teria sido uma pianista de renome se não fosse pelo casamento com o regente Alfonso Hernández. Beatriz, Bia para os mais entranháveis, deixara para trás a música depois que nasceu a filha Francisca, nome escolhido em homenagem a Chiquinha Gonzaga.

Bia tinha adoração por Chiquinha Gonzaga e por sua valentia perante a vida, sua personalidade rebelde e vanguardista. Mas diferente de Chiquinha, Beatriz tinha a alma resignada, de quem aceita as vicissitudes da vida. Ela rejeitava qualquer tipo de conflito e não lutava contra as peripécias do destino. Foi educada para se casar de véu e grinalda, ser mãe e esposa devota e uma notável dona de casa, de acordo com o protocolo social vigente. Nasceu com o destino traçado, nas condições de mulher pertencente a um coletivo operário burguês, onde o consenso da felicidade estava em encontrar um bom partido, casar-se para constituir uma família e seguir perpetuando a espécie.

Bia e Alfonso se conheceram no conservatório, onde ela era professora de piano. Foram apresentados por um amigo em comum, que os arrastou para um *happy hour*. O encontro foi certeiro, os dois músicos se esqueceram do burburinho ao redor e se concentraram naquela prosa melódica. Desde então não se separaram mais. Em pouco tempo se casaram, com anseios de "se Deus quiser, tudo vai dar certo".

Alfonso era descendente de espanhóis, vindos de Galícia, seus pais se mudaram para o Brasil durante a guerra civil espanhola. A família se instalou em Niterói, onde criaram o caçula Alfonso e duas irmãs. A música era uma tradição na casa dos Hernández, que amiúde organizavam serestas, animadas com *licor de orujo*, embaladas pela gaita de fole tocada pelo pai de Alfonso. As vibrantes soadas celtas, repercutidas pelo gaiteiro, impressionavam os olhinhos do *meniño*, que hipnotizado sentia cada nota. Elas entravam bailando nos seus ouvidos, início quiçá de um petiz estímulo musical para o famigerado regente.

Além do interesse mútuo pela música, compartilhavam afeto. Alfonso era adorável com Bia, pensava em tudo que lhe pudesse fazer feliz. Era um amante *caliente*, um companheiro exímio, um marido perfeito. Pouco tempo depois do casamento, nasceu Francisca, "*mi pequeña*", dizia o pai. Desde então, Alfonso só tinha olhos para a filha e já não enxergava Beatriz, que de "minha querida esposa" passou a ser a "mãe da Francisca".

Ela não entendia o distanciamento do marido e se indagava sobre essa repentina mudança. Ao início, imaginara que aquela atitude era frequente entre os pais de primeiríssimo grau, ocorrência que em geral recai sobre as fêmeas, que, quando ganham a cria, se distanciam dos parceiros. Acreditou que fosse transitório, uma situação menor num relacionamento conjugal. Mas, com o passar do tempo, Alfonso passou a tratar Beatriz de forma grosseira, lhe respondia com brutalidade, os insultos eram cada vez mais ultrajantes.

– Como você pode ser tão imbecil? – lhe dizia, por qualquer discordância entre eles, como se fosse o senhor da razão.

Beatriz deixara o trabalho e passou a cuidar da filha, da casa e dos compromissos do marido, que se fez mais exigente e demonstrava um caráter metódico nas mais triviais situações cotidianas. Ele reclamava da falta de organização dela com a casa. Com muitas imposições, se queixava de tudo. Que a comida estava fria, que a mesa do jantar estava mal colocada, que o lençol da cama estava mal passado, que a casa estava cheia de pó. Esse último detalhe era observado pelo marido, que fazia uma vistoria nos móveis, passando os dedos por cada superfície ou vislumbrando a luz do sol que inundava a casa, fazendo bailar a poeira. Tácito, conversava com Bia só o necessário.

Beatriz tinha uma fiel assistente, Fátima, uma senhora de sessenta anos, governanta que cuidava dos pormenores do dia a dia. Fátima passou a ser testemunha do calvário de Bia, que andava chorando pelos cantos depois de ser humilhada pelo marido.

– Tudo vai passar, tenha fé na sabedoria Divina – profetizava Fátima, para o consolo de Beatriz.

Alfonso estava no apogeu da sua carreira, tinha a ambição nas alturas. Viajava como diretor de inúmeras orquestras, havia estado em diversas sinfônicas: Estrasburgo, Viena, Boston, Nápoles, Varsóvia, Moscou, Atenas, Jerusalém e noutros cantos, sempre acompanhado de amantes, que acudiam aos assíduos e secretos encontros sexuais. Muitas delas jovens musicistas, que especulavam privilégios profissionais.

Quando subia no palco, regia com precisão nos movimentos, seus braços se mexiam num ritmo eloquente, sua mão direita era cúmplice da esquerda, atuavam como duas bailarinas russas, como um *duo* em nado sincronizado. Manejava a batuta como se fosse uma varinha mágica, difusora de música, deixando o público magnetizado.

De volta a casa, Alfonso encontrava a tranquilidade para se recuperar das viagens frenéticas, além dos beijinhos de Francisca, que ele agradecia ligeiro. Com Beatriz, ele destilava soberba, quanto mais aumentava o seu prestígio, mais a depreciava.

A esposa suspeitava das traições do marido, havia encontrado marcas de batom no seu colarinho, que cheirava a perfume alheio. Imaginando o mal-estar com Alfonso, não se atrevia a desatar esse pensamento.

Contrapondo seu insaciável desejo pelas mulheres, Alfonso as execrava, para ele eram seres ínfimos, desprovidos de talentos que não fossem para as tarefas domésticas. Era muito crítico com a fisionomia de quem cruzava seu caminho. "Fulana está gorda, feia, velha", disparava. Beatriz conhecia bem essa misoginia, estava farta de escutar seus comentários machistas, que combatia sem perder a postura, muitas vezes calando Alfonso com muita elegância.

– Cuidado com o que fala, você pode ser preso por isso! – arrematava. Ele engolia em seco e algumas vezes retirava o que havia dito.

Alfonso tinha uma agenda muita atribulada, mas encontrava espaço para as festas que Beatriz organizava. Frequentadas por músicos, artistas, boêmios, gente romântica e hedonista. O grande herói da farra era o piano, disputado por muitos, os que tocavam e os que cantavam. Num desses encontros, estava Benito, um amigo que insistia para que Beatriz tocasse o piano. O sujeito não era do ramo, mas teve uma boa educação musical, se gabava do avô, que havia sido mecenas de Villa-Lobos.

– Vamos, Bia, sei que você é uma excelente pianista, nos dê esta honra!

– Toca, Bia! – gritavam todos.

– Alfonso, você é o único capaz de convencer Bia a tocar o piano.

– Bia, querida, você não pode recusar esse pedido, toca pelo menos uma canção – intervinha Alfonso, que na presença de outros era muito carinhoso com a esposa.

Benito tanto insistiu que Beatriz cedeu e tocou muitas vezes. Terminou o recital com Jobim e foi ovacionada. Levantou-se em estado de dádiva, se sentia o máximo, com a autoestima em Vênus.

Alfonso se aproximou e lhe disse em sussurro:

– Cuidado, não seja ridícula, você está oxidada.

– Ridículo é você! Sim, é verdade que estou oxidada de paixão, necessito me apaixonar por mim.

– Que besteira você está dizendo!

– Sabe de uma coisa, voltarei para as aulas de piano! – arrematou.

A festa continuou madrugada afora, Beatriz estava felicíssima, caminhava repartindo alegria. Estava tão segura de si que aparentava uma atitude lasciva. Tinha um olhar sensual, que instigou os desejos de Alfonso. Naquela noite, ele a surpreendeu numa odisseia de gentilezas.

Pela manhã, Beatriz se despertou em estado de graça, levitando pelos corredores, buscava por Fátima.

– Esta casa está pedindo flores, por favor, vá até a floricultura e compre lírios.

Alfonso se levantou assustado com o relógio, pulou da cama, esbravejando para quem quisesse escutar.

– Onde está a minha camisa italiana? Aquela que comprei em Milão? – perguntou com brutalidade.

– Está na lavanderia, pedi a Fátima que a lavasse e engomasse. Acho que ainda não foi lavada – esclareceu Bia.

– Tenho muitos compromissos e não posso perder nem um minuto. Você deveria administrar melhor esta casa, é a sua única obrigação.

– Sinto muito, mas você terá que escolher outra camisa.

– *Coño*! *Cojones*! *Mierda*! – vociferou Alfonso, que, quando estava muito irritado, xingava em espanhol.

Beatriz segurou o pranto e jurou para si que nunca mais choraria por ele. Buscando desprender-se do marido, aos poucos foi encontrando a sua verve musical, retomara contato com as escolas e antigos colegas. Desses contatos surgiu uma oportunidade irrecusável, um convite para substituir um pianista numa homenagem a Ernesto Nazareth. Bia conhecia todo o repertório do célebre compositor, era devota de Nazareth, tinha o perfil ideal para interpretar a sua obra. Entretanto tinha um empecilho, estaria fora de casa por três semanas, a turnê começaria por Paraty e seguiria para Petrópolis. Nessa ocasião, Alfonso havia assinado contrato como diretor musical do Royal Opera House de Londres, estaria uma temporada na Inglaterra.

Bia foi lhe contar a novidade:

– Fui convidada para uma apresentação de piano e estarei fora por umas semanas. Pensei em ter uma acompanhante para Francisca.

– Perdeu a razão? Estarei fora nos próximos dias e você tem que cuidar dela.

– Quero muito essa oportunidade, e Francisca não é mais um bebê. É muito responsável.

– Que espécie de mãe é você? Egoísta e leviana?

– Sou uma mãe presente, diferente do pai, que nunca está por perto. Seu ofício em primeiro lugar.

– *Gilipollas*! *Cabrona*!

– Cafajeste! Como pude me casar com um canalha desta estirpe?

– Saia desta casa, pode ir para a sua apresentação e não volte nunca mais. *¡Hijaputa*!

– Pode ir tranquilo, cuidarei da Francisca, como sempre fiz – retrucou, sem pestanejar.

Bia nunca esteve preparada para um duelo, fora criada para relações amistosas, até então desconhecia a brutalidade.

Alfonso foi para Londres e Bia se organizou como pôde. Pediu a Fátima que estivesse com Francisca durante a sua ausência e tentou intercalar idas a casa nos dias em que não se apresentava.

Beatriz atuou como solista durante a turnê, que foi um verdadeiro sucesso. Choveram convites para participar de outros recitais. Ela estava eufórica com a possibilidade de voltar à música. Bia estava disposta a aceitar as propostas que lhe chegavam, mas esperaria passar o aniversário de Alfonso, que estava prestes a completar cinquenta anos.

O festejo estava sendo preparado pelos amigos, sob comando de Beatriz, que se encarregou de cada detalhe da celebração. Distinto de outras ocasiões em que o improviso reinava nas festas de Alfonso e Bia, desta vez foi contratado um quarteto de jazz, que faria o som para animar a noite.

As *tapas* foram as iguarias mais disputadas do menu espanhol, de bebida foi servido vinho. Lanternas e tochas iluminavam o jardim, oferecendo um ambiente intimista. Cerca de cem convidados, amigos e celebridades, compareceram à festa, ninguém queria perder a gala, até o prefeito da cidade foi visto por lá. Foi uma surpresa para Alfonso, que não imaginava receber tanta gente para aquela cerimônia.

Beatriz era magra, tinha um corpo pequeno, que passava com desenvoltura entre o povo, que se divertia por todos os lados. De tão ocupada, quase não prestou atenção ao marido, que parecia cansado, abatido, talvez pela defasagem de horário da última viagem.

A festa seguiu seu transcurso. Depois do bolo, Alfonso fez um discurso emocionado, com agradecimentos especiais à Beatriz. Minutos depois se retirou com náuseas.

Um amigo, que era médico, foi saber notícias de Alfonso,

que se encontrava deitado. A dor no peito foi confundida com gases, mas era início de um infarto, um golpe no coração que não podia esperar.

– Uma ambulância! – gritou desesperado o doutor.

– Foi por um triz! Vamos monitorar este coração e saberemos que decisões tomar daqui para frente – explicou o cardiologista.

O paciente recebeu alta e voltou para casa, mas com algumas advertências.

– Nada de estresse ou grandes emoções, dieta saudável, repouso absoluto nos primeiros dias e voltar sem pressa à normalidade, sem exageros – concluiu o especialista.

Alfonso cancelara suas obrigações para as semanas que seguiriam, estaria "fora de serviço", como dizia com gracejo o enfartado.

Muitas mensagens estimando melhoras para o convalescente, que ao início era um exemplo de cortesia, num segundo instante era antipático e severo com Beatriz. Com a mobilidade reduzida, Alfonso estava impaciente, se queixava como um ranzinza. Era muito vaidoso e não gostava de mostrar debilidade.

Neste ínterim, Beatriz teve uma epifania, pensou num lance arriscado. Carecia de ajuda para cuidar de Alfonso e tinha em mente a pessoa ideal. Buscou e rebuscou um telefone na cesta de quinquilharias. Ali estava: "Hanna, massagista, esteticista, atendimento a domicílio."

– Alô, por favor, gostaria de falar com Hanna.

– Sim, sou eu. Da parte de quem?

– Sou Beatriz, nos conhecemos quando você estava trabalhando na chapelaria de uma festa à fantasia, numa danceteria. Você me deu o seu número.

– Sim, em que posso ajudar?

– Meu marido está doente e busco uma acompanhante para estar ao seu lado.

– Mas não sou enfermeira, sou massagista e esteticista.

– Tudo bem, será algo simples, estarei por perto e cuidarei diretamente da alimentação e medicamentos dele. Você só precisa estar presente.

– Eu topo.

– Quando você pode começar?

– Quando você me disser, estou livre.

–Você pode começar esta tarde? Pago o dobro dos seus honorários habituais. Pagamento adiantado para uma semana.

– Sim, posso começar hoje.

– Gostaria que trouxesse a roupa de enfermeira que você usou naquele dia. É um detalhe, uma surpresa para o meu marido, que é um esteta, quero dizer, gosta de coisas bonitas, harmoniosas.

– Combinado, nos vemos esta tarde.

– Por favor, tome nota do endereço. Até já!

Por causa da situação do pai, Francisca fora passar uns dias na casa de uma colega do colégio. Beatriz comentou com Fátima que Alfonso estaria descansando, sem visitas, e propôs que ela usasse alguns dias de férias acumuladas.

Hanna chegou no horário marcado e Bia a levou até o quarto do marido, que dormia plácido.

– Devo ir ao mercado, mas volto rápido. Se ele acordar,

você pode tranquilizá-lo com uma massagem nas mãos, ele anda muito tenso com esta situação.

– Entendido!

Alfonso se despertou e deu de cara com Hanna, que estava ao seu lado como um "anjo pornográfico", vestida de branco, com um decote vertiginoso, que insinuava seu colo apetitoso, salientando os mamilos. Era fim de tarde e fazia um calor fluminense, havia uma luz natural que entrava pela janela do quarto, realçando o corpo dourado da jovem. Era possível ver a pelugem delicada que cobria a sua pele. A cabeleira ruiva até a cintura parecia um véu celestial que, combinado com seu rosto afável, lhe dava um aspecto de mulher santa. A sensação daquele encontro foi tão impactante que Alfonso ficou paralisado, perplexo pensou que estivesse morto e houvesse chegado ao outro lado, talvez no paraíso. De tanto susto, sentiu uma dor violenta no peito, seguida de falta de ar. Tentou gritar em vão, as palavras não saíam, ficou afônico.

Hanna se apavorou com o que viu, abriu a porta e saiu correndo em busca de Beatriz, que acabava de chegar.

– Ele está tendo um piripaque! – dizia a moça, aterrorizada.

– Não se preocupe, eu cuidarei de tudo. Pode pegar as suas coisas, deixei um envelope com o pagamento sobre a mesa da cozinha. Obrigada por hoje – concluiu Bia.

Hanna se vestiu, pegou o envelope e saiu sem demora.

Beatriz entrou no quarto sem ser vista e ficou espiando a agonia do marido, que suava frio, pálido e com as mãos no peito.

Depois de quase uma hora observando Alfonso, Bia

percebeu que ele perdia a força. Se aproximou antes do último suspiro e cochichou no seu ouvido, em perfeito espanhol: "*Adiós, que tengas un buen viaje*."

O moribundo perdera o viço, a cor rosácea desaparecera. Bia apressurada chamou o serviço de urgências.

– Meu marido está tendo um infarto, por favor, venham logo.

Desligou o telefone e foi até o piano, com tranquilidade se sentou e tocou *O Guarani*, uma de suas obras preferidas.

Aqui temos a síntese de que sim, existe crime perfeito!

Jaqueta de couro

– Te vejo no jantar, beijos, te amo! – Desligou e foi a última vez.

A mesa estava preparada com uma decoração tropical para entrar no clima da viagem para as Maldivas, que começaria no dia seguinte, uma semana de merecido descanso. Fazia um lustro Cíntia e Caio começaram um namoro e agora celebravam doze meses vivendo juntos, ele biólogo e ela fotógrafa de paisagismo. O próximo passo seria a gravidez, a busca pelo filho, a formação familiar estava engatilhada, Cíntia havia prescindido do anticoncepcional, e, segundo Caio, "a natureza faz a sua parte".

Desligou o telefone e colocou as malas ao lado da porta de entrada, conferiu os passaportes, fez o *check-in*, revisou a Canon, enviou *e-mails*, tomou uma ducha e se jogou na rede, pendurada na varanda. Fez palavras cruzadas e relaxou. O jantar já estava pronto, uma salada de tomate com palmito e peixe grelhado. Um vinho chileno como aperitivo.

Cansada de esperar, Cíntia ligou no celular do Caio, que estava fora de serviço. Ela sabia que a bateria dele estava no fim, mas nada podia explicar aquele atraso de quase duas horas. Após alguns minutos, uma chamada de Augusto, irmão do Caio.

– Oi Augusto, ia mesmo te ligar. Você tem notícias do Caio? Devia ter chegado para o jantar, amanhã viajamos. Estou grilada com a demora.

– Sim, tenho notícias do Caio.

Atenta, Cíntia escutou a mensagem lacônica de Augusto, desligou o telefone e saiu de casa, sem bolsa, sem apetrechos. Pela manhã, foi encontrada no *campus* da universidade, dormindo na porta do edifício de biologia, onde Caio trabalhava. Em posição fetal, acordou sobressaltada com a presença do bedel que chegara cedinho.

A notícia se espalhara rápido e comovera toda a cidade. Cíntia se sentiu traída, enganada pelo destino, levara um golpe brutal desses que faz o indivíduo perder o prumo. Aquele acidente de carro não estava no roteiro, a morte de Caio foi uma desdita sem precedentes.

Cíntia esteve reclusa durante meses, comprava tudo pela *internet*, inclusive cigarro, que deixara fazia tempo; com a morte do Caio voltou a fumar.

Passava o dia assistindo vídeos do casal, lembranças agridoces, parte do luto, da saudade, da solidão que lhe corroía a aorta. Não era crente, mas naquele instante aceitaria qualquer ritual que trouxesse o Caio de volta.

Depois de uma temporada de clausura, resolveu agitar as ideias, começou com uma limpeza no apartamento, meteu todos os pertences do Caio em sacolas que levaria para uma paróquia local. Decidira doar tudo, com total desprendimento, sem nenhum rancor com o acaso, era uma necessidade de libertação do passado ou do futuro que poderia ter sido. Com tudo organizado, percebeu que se esquecera duma jaqueta de couro, pendurada no cabide de madeira do corredor. A jaqueta preferida do Caio estava impregnada com o seu perfume amadeirado. Odor potente que penetrou as narinas de Cíntia, que num desassossego alucinante se imaginou abraçada com o falecido. O *déjà-vu* durou segundos, em seguida jogou a jaqueta sobre as sacolas, enfileiradas e prontas para a partida. Deteve-se com a chave na porta, as bolsas teriam que esperar.

Recebeu o pacote em casa, de imediato buscou linha e agulha. Cíntia coseu o minúsculo aparelho atrás do forro da jaqueta com esmero, atando ponto por ponto. Um localizador eletrônico com GPS, de alto alcance, resistência ao fogo e à água, fora escondido na jaqueta de couro, posteriormente doada com fins caritativos.

Desde então, Cíntia esteve pendente do localizador, que infatigável indicava o mesmo endereço, imóvel como uma parede. Numa fecunda manhã, surpresa, o GPS indicara movimentos, a jaqueta aparecera a dez quilômetros do centro paroquial. Excitação no ápice e pulso apressurado, Cíntia entrou no carro e foi parar diante de um prédio de esquina, de cinco andares, desbotado e velho. Estacionou do outro lado da calçada, observou o marasmo, era tarde e nenhuma alma circulava por ali. Retirou-se.

No dia seguinte, o sol ainda dormia quando Cíntia apareceu para espiar o prédio desbotado e velho. Era princípio de inverno, temporada ideal para uma jaqueta de couro. Ela cochilava quando de repente o localizador vibrou com um sinal de deslocamento. Cíntia preparou o binóculo e se encolheu no banco do carro.

Do outro lado da rua, surgiu um sujeito alto, magricelo, com cabelos longos e *dread*, rosto fino, olhos misteriosos e andar desconfiado, usava uma Levi's cheia de hematomas. Lá estava a jaqueta de couro, vestindo um estranho, que nem de longe se parecia a Caio. Cíntia estava comovida com aquela aparição, desceu do carro e caminhou atrás do rapaz, com uma reduzida distância.

Alguns passos e o rapaz, que se chamava Douglas, pressentiu que estava sendo seguido, começou a andar rápido, subiu num ônibus e se escafedeu.

Douglas fora detido em flagrante com um pacote de haxixe na mochila. "A casa caiu", pensou. Ficou aliviado depois de conseguir a suspensão da condenação, que pagou em suaves prestações de visitas regularizadas na vara criminal, viabilizadas por um *sursis*. Desde então, andava cismado com qualquer sombra, estava empenhado em evitar problemas. Os amigos diziam que Douglas "estava com mania de perseguição".

A fotógrafa entrou em cena com uma câmera profissional. Cíntia voltou ao prédio desbotado e velho. Quase no mesmo horário apareceu Douglas com a jaqueta de couro. Caminhou com pressa, enquanto Cíntia o seguia. O rapaz desapareceu, mas ela, com ajuda do GPS, continuou no seu rastro, que terminou num pequeno restaurante vegetariano.

Cíntia revelou várias fotos do desconhecido que usava a jaqueta do Caio. Esteve contemplando a sua descoberta, cada vez mais curiosa por conhecer aquele homem. Sem perder tempo, foi em busca de um jantar vegetariano, assim aconteceu o primeiro encontro entre os dois estranhos.

– Pois não? – Sorriu.

– Uma água, por favor! – Breve, tentou disfarçar o nervosismo. Sentiu-se mais acalmada com o trato de Douglas.

A comida, um manjar; e a caipirinha, um relaxante. Cíntia, que andava tomando ansiolítico, dormiu sobre a mesa. Na saída, Douglas, murmurando, despertou a cliente, que dormia um sono de bela adormecida. Ela levou um susto danado, tentou ficar de pé, mas cambaleava. Ficou com as maçãs coloradas de vergonha.

– Estou bem, posso caminhar sozinha – disse, e caiu como um plomo. Douglas foi o salvador de Cíntia, que se deixou levar.

– Você me acompanha? Peço um táxi pra te levar, na volta – insistiu a moça.

No caminho, Cíntia, que ia se recuperando, escutava a Douglas, que conversava para mantê-la alerta. Relatou que vivia sozinho, que o emprego era recente, que tinha vinte e cinco anos, quinze menos que ela. Confessou seu amor pelo Corinthians, gostava de *reggae* e às vezes cantava na banda de um amigo. Tinha um gato chamado Bartolomeu e cultivava bonsais.

Subiu até o apartamento e na despedida foi surpreendido por um abraço apertado, desses a que o sujeito não sabe como reagir. Tentou se desvencilhar, mas era tarde, os corpos haviam se descoberto numa cumplicidade que parecia ter histórico.

Cíntia se encontrava radiante, num fabuloso estado emocional que a fez cogitar abandonar o psicanalista. A sinergia entre eles durou o que durou, um semestre, até que, numa manhã, Douglas, que de vez em quando pernoitava por lá, entrou no laboratório de Cíntia em busca de um carregador, abriu uma gaveta e encontrou um punhado de fotos esquecidas. Nas fotos tiradas nas imediações do prédio desbotado e velho, de diferentes ângulos, Douglas era o protagonista.

Cíntia tentou explicar o episódio das fotos, seu esclarecimento soava verossímil, mas foi em vão. Douglas se sentira enganado.

– Não estou interessado em perseguição, estou noutra. – Saiu sem levar a jaqueta.

Outra vez, sem chão, Cíntia se sentia uma sevandija, não merecedora do amor romântico.

– Sabotagem, só pode ser sabotagem – lamentou.

Esteve em nova temporada sem sair de casa, a vida lhe parecia um fardo. Com ajuda do psicanalista, aos poucos foi recuperando o ânimo. Numa tarde moribunda passou diante do restaurante vegetariano, num impulso entrou para cumprimentar Douglas.

– Não trabalha mais aqui, foi morar no campo – revelou o novo empregado.

Cíntia não perdeu tempo, conseguiu o endereço de Douglas e arriscou uma peregrinação atrás do jovem com *dreads*. Rodou durante hora e meia de asfalto, pegou um atalho na densa mata, circulou por uma trilha solitária até se deparar com um portão silencioso. Bateu palmas, gritou, buzinou, nem vestígio de moradores, apenas o sibilar prolongado das cigarras. Quando já pensava em dar meia-volta, notou que tinha companhia, Bartolomeu, num andar lento, nem alegre, nem triste, foi se aproximando de

Cíntia. Passou por debaixo da cerca de arame que contornava o terreno e se pôs a roçar entre as suas pernas.

– Gatinho lindo, onde está o seu dono?

A resposta não veio, mas a tranquilidade de estar no local certo era suficiente naquele instante.

Um som de moto foi se avizinhando. Cíntia, que estava sonolenta, hipnotizada viu como se aproximava Douglas, acompanhado de Joana, uma jovem balzaquiana de fala mansa.

– Quanto tempo! – balbuciou Douglas.

– Vim te devolver a jaqueta e saber como vai tudo.

– Esta é a Joana.

– Olá, muito prazer! Vamos entrar?

Os três desceram a inclinação do terreno que dava numa caseta de alvenaria, pequena e acolhedora. A tarde cedera passo a uma noite estrelada. Cíntia, constrangida ao início, se rendeu aos encantos de Joana, que explicou com detalhes o projeto daquele espaço. Uma permacultura, a busca pelo equilíbrio e harmonia da natureza, plantio de alimentos, escola ecológica, uma comunidade de amor.

– Vem fazer parte desta tribo. Vai ser lindo! – insistiu Joana.

A proposta era interessante, Cíntia estava admirada com aquela oferta, resolveu ficar por uns dias para descansar, respirar ar puro.

Douglas e Joana estavam jubilosos, desejando compartilhar afeto, convenceram Cíntia que ficasse.

O plano deu certo, construíram uma casa grande, montaram um negócio autossustentável e viveram plenamente o poliamor.

Joana teve um filho, que nasceu na mesma época que a filha de Cíntia.

E viveram felizes como perdizes!

A viagem de Maria

– Com licença, meu assento é na janela – pediu Maria, sem querer incomodar.

A senhora da janela estava absorta, hipnotizada pelo escuro da noite, que caíra sem que ninguém percebesse. Parecia estar em prece, com as mãos entrelaçadas, tal qual uma devota compenetrada. Não respondeu, nem sequer escutou o pedido de Maria.

Maria, que seguia de pé, foi advertida:

– Por favor, a senhora precisa ocupar um assento, decolamos em poucos minutos – explicou a comissária de bordo.

Maria insistiu:

– Por favor, este assento é meu, reservei a janela.

A mulher seguia com o olhar entregue ao imenso vazio, de uma escuridão que inundava o lado de fora da aeronave. Pensava nos afazeres domésticos que deixara aos cuidados de uma das filhas, no marido que estava desempregado e às vezes conseguia algum bico como vigia noturno, no filho caçula, que seria pai em poucas semanas, na mãe que completara oitenta anos e começava a dar sinais de demência, no seu cachorro vira-lata que de tão velho andava nas últimas, no surto de dengue que todos comentavam, na conta de luz vencida, na dívida deixada no armazém, na inflação que não parava de subir, no cartão de crédito usado para pagar as contas atrasadas e acima de tudo pensava na dor desmedida da sua melhor amiga,

Jandira, que acabara de enterrar o filho de oito anos, atropelado por um motorista ébrio, sem licença para conduzir.

Leandro vendia balas num cruzamento movimentado do centro, acompanhado do irmão, quando foi jogado longe pelo veículo, que fez o seu coraçãozinho de anjo deixar de pulsar. "Como posso viver sem o meu menino?", repetia Jandira, ao saber da desgraça. Exaurida e sacudida pelo azar, perdera o vigor naquele instante e mais que nunca necessitaria de gente querida por perto.

As duas amigas fugiram juntas, escaparam da desnutrição e da seca lazarenta que carcomia o sertão de terra batida e rachada, duma paisagem desértica e cinematográfica. Chegaram à capital ainda meninas. Procuravam um porvir, um ganha pão, um entretenimento para as suas cabecinhas de barro, cabecinhas de ninho camuflado para guardar os passarinhos recém-saídos da casca, evitando o perigo das garras dos predadores urbanos.

Cada qual foi morar numa casa de família e assim começaram a viver tudo que uma cidade grande podia oferecer para os seus hóspedes permanentes.

– Senhora!

A mulher girou a cabeça de supetão, abriu um sorriso plácido e escutou:

– A janela é minha, tenho a reserva – explicou Maria, com ligeira impaciência.

A mulher se levantou carregando um embornal de pano e uma bolsa grande de crochê e deu passo à Maria.

O voo estava desabitado, entre as duas mulheres ficara um vão, que Maria usou para colocar seus objetos pessoais:

óculos de leitura, uma revista, um livro e uma água.

Depois de se sentar ao lado do corredor, a mulher acomodou os seus pertences debaixo da poltrona, tirou o rosário do bolso e foi esmiuçando conta por conta.

– A senhora reza muito? – perguntou Maria.

– Só quando precisa.

– Para que rezar?

– Rezar é bom, né! Não faz mal, nem incomoda ninguém.

– Mas será que alguma vez funciona?

– Funciona pra acalmar a gente.

– Minha mãe rezava muito, morreu rezando. Tão nova pra morrer!

– Morreu mais tranquila.

– Foi tudo muito rápido, descobrimos que mamãe estava doente e quando percebemos já não tínhamos mais o que fazer.

– Que pena perder a mãe. Reze por ela.

– Não sei rezar.

– Todo mundo sabe rezar, não precisa usar terço, só precisa usar os pensamentos para conversar com Deus.

A voz eletrônica avisou: "Senhoras e senhores passageiros, bem-vindos a bordo do voo Boing 95 com destino a Lisboa. Antes de iniciarmos a viagem, recordamos que a bagagem de mão deve ser guardada nos compartimentos acima da poltrona e os aparelhos eletrônicos devem estar desligados. Coloquem o cinto de segurança, a poltrona deve estar na posição vertical e os compartimentos fechados. Recordamos que está proibido fumar em qualquer espaço desta aeronave, temos detectores de fumaça nos banheiros. Pedimos a sua atenção para os procedimentos de segurança que apresentaremos a seguir. Uma boa viagem e muito obrigada."

A mulher tentava em vão colocar o cinto de segurança.

– É fácil, vou mostrar como se faz.

– Nunca usei uma coisa destas – sorriu.

– É a sua primeira viagem de avião?

– Sim. E acho um mistério como esta coisa grande e pesada pode voar. Como este troço não cai? Deve ser a mão de Deus.

Maria achou graça naquela prosa e buscou mais conversa.

– A senhora vai dar um passeio por Lisboa?

– Nada, moça, vou cuidar dos meus netos. Minha filha trabalha fora e ainda tem que dormir com o marido, que está internado no hospital. Num queria viajar, gosto de ficar quieta no meu canto, mas uma mãe num pode abandonar um filho.

– É a sua única filha?

– Filha do primeiro marido, do segundo tenho quatro.

– Onde está o pai da sua filha?

– Aquele traste morreu.

– Coitado! Estava doente?

– Só se for doente da cabeça, um desmiolado, sem juízo. Foi morto por um acerto de contas, dizem. Andava metido com um bando de marginal. Comprava e vendia coisa roubada. Um dia comprou uma moto velha e saiu de madrugada, sem rumo, atropelou um gato e passou uma semana na barra da minha saia, com medo de assombração.

– A senhora se arrependeu de ter conhecido o seu

primeiro marido?

– Não. A vida é muito curta pra gente se arrepender, num dá tempo. Tem que aprender com os erros e continuar a viver. Foi por esse estropício que eu tive a minha filha.

– A senhora estava apaixonada?

– Uai, no começo a gente fica meio boba. Eu era muito nova, tinha muita ilusão com o Alcides, sujeito alegre e cheio de promessa.

– Ele era carinhoso com a senhora?

– Era um safado. Carinhoso com a filha, brincava com ela que nem criança. Mas bebia muito e me deixava sozinha. Nunca tinha dinheiro e não gostava de trabalhar, jogava e perdia o que tinha e o que não tinha. Uma vez voltou pra casa de cueca, deixou a roupa no jogo.

– O amor acabou?

– O amor cansou. Amor não põe comida na mesa.

– Depois a senhora se apaixonou pelo segundo marido?

– Conheci o Evanilton na casa da minha vizinha. Fiquei gamada naquele pernambucano. Em pouco tempo foi morar no meu barraco.

– Desta vez deu certo?

– Tá dando certo. Evanilton bebe pouco, só quando tem festa no bairro. Não joga e é trabalhador, trabalha no que aparece.

– A senhora gosta de festa?

– Quem não gosta de festa?

– Eu não sou muito de festa, prefiro ficar em casa.

– Moça, a vida é muito dura, sem festa será ainda mais dura.

– Gosta de dançar?

– Dançar, num danço, gosto de ver a alegria do povo, a folia da criançada.

– A senhora acredita em alma gêmea?

– Quem sou eu pra saber? Acredito que temos que procurar gente parecida com a gente.

Uma turbulência interrompeu a conversa. A inquietação durou pouco, houve uma pequena tensão e cada uma se segurou como pôde. Recuperadas do temor, as passageiras seguiram com o diálogo.

– Nunca me acostumo com as turbulências – comentou Maria.

– Creio em Deus Pai, pensei que este trambolho fosse cair.

– Não vai acontecer nada. E temos coletes salva-vidas.

– Que adianta isto? E se cai no meio do mato, numa pedra, morre é tudo.

– Não vamos cair, descanse. Ainda temos muita viagem e a senhora precisa poupar energia pra cuidar dos netinhos.

Maria era boa leitora e sempre andava acompanhada de um livro. Começou a ler e percebeu a curiosidade da senhora ao lado, que observava fixamente o homem que estampava a capa dura do livro.

– Este é Gandhi – disse, apontando para o rosto esquálido.

– Igualzinho o meu vizinho, Lorival.

Maria lhe explicou que aquele homem foi um defensor da liberdade do seu povo. Que de maneira pacífica levou o país a conquistar a independência, antes negada pelos ingleses. Que lutou contra a segregação racial do seu povo e contra a intolerância religiosa.

– Ele era o presidente?

– Nem presidente, nem político, foi o líder de uma nação. Acreditava no amor e no ser humano. Dizia que "onde há amor, há paz". Um romântico!

A mulher, que jamais escutara esse nome, ouvia atenta a narrativa de Maria, que lhe contou que a independência da Índia foi o resultado de uma campanha de tolerância, uma batalha anticolonialista do povo indiano. Que o líder desta luta foi Gandhi, desde então uma inspiração para outros libertadores, mentes brilhantes que deixam os seus ideais na história das civilizações.

– Agora são livres?

– Depende, liberdade tem um sentido amplo. Quero dizer que tem muitos significados.

Explicou-lhe que a Índia tem muitos problemas sociais, com extremas contradições econômicas.

– Da pobreza que dói à riqueza que cega – enfatizava.

Contextualizou que o país mais populoso do mundo não se entende. Que da mistura de culturas, oriundas da miscigenação de povos e etnias, com muitos idiomas, inclusive português, há tanta beleza como tanta penúria. Mencionou a natureza exuberante e a abundância de recursos naturais.

– Nossa, parece o Brasil!

A mulher, fascinada com as histórias de Maria, se esquecera que estava voando e que aquela "geringonça" poderia se espatifar. Seus pensamentos se escaparam até a sua infância no sertão, deitada no regaço da avó, que lhe acariciava as melenas enquanto lhe contava causos de escravos, forasteiros, imigrantes e outros personagens que povoavam a sua imaginação. O regresso ao passado foi rápido, a ouvinte queria mais histórias.

– Que aconteceu com este homem que se parece com o Lorival?

– Foi assassinado. – Detalhou que as ideias e práticas de Ghandi incomodavam muita gente.

– Vixe, lá tem favelas?

– Sim, tem favelas gigantescas em contraste com monumentos impressionantes como o Taj Mahal. – Com entusiasmo narrou a lenda escondida no mármore branco daquela construção.

– Tanta conversa que me deu foi fome! Pega, eu mesma fiz! – Ofereceu uma broa de milho para Maria.

– Hum, está saboroso!

– Tem mais, pode comer.

– Chega, obrigada. Será hora do jantar – insistiu Maria.

Saciada, a mulher guardou o saco de pães.

– Qual é o seu nome?

– Maria das Dores.

– Maria como eu. Sou Maria João.

As duas Marias pareciam antigas conhecidas que recordavam histórias e trocavam receitas ancestrais. Em um *quid pro quo*, a viagem se fez curta para Maria das Dores, que deixou de lado o pavor de voar, e reconfortante para Maria João, que aprendeu a conversar com Deus.

#tudocomeçanalivraria
#QuixoteDo2024
#todasasmulheres

1ª edição [2024]

Esta obra foi impressa na Gráfica Formato
em papel Chambril Avena FSC® 90g/m²

Selo "FSC®" – Forest Stewardship Council® (Conselho de Manejo Florestal) é obtido por empresas que têm sua operação avaliada, garantindo que o papel usado na impressão é produzido de maneira ambientalmente adequada, socialmente benéfica e economicamente viável. A Formato é certificada desde junho de 2010.